文芸社セレクション

Play Ball Play Game

天神 梅

TENJIN Ume

JN061784

文芸社

Play Ball Play Game

1

「本日も、各地で三十度以上の真夏日が予想されています。熱中症に気をつけて、こまめに水分補給を行ってください」

家族の誰よりも早起きして、リビングに置いてあるテレビをつけると、アナウンサーが朝のニュースでそう言っていた。

七月の日曜日。天気は快晴。日差しが照り付けて、朝から暑くなりそうだ。念入りに日焼け止めを塗って、ミニタオルを持っていこう。

どうせなら日傘でも買っておこうかと思ったが、やめた。野球観戦をするのに日傘は場違いなように思えてきた。姉はそう勧めたが、後ろの人にも迷惑だし、何より、日が容赦なく照りつける中で懸命にプレーしている球児たちに、何となく申し訳ない気がした。

代わりに、野球帽を被っていこうと思った。何がいいのか分からなくて、デパートで適当に買ったものだが、これなら場の雰囲気に馴染むし、何より卒業してから一度も会っていない彼が、この帽子のことを聞いてくるのではないかと思った。話のネタを一個でも多く仕込んでおくに越したことはない。

服装も気合いを入れてめかしこむ気はなかった。色々と悩んだが、ノースリーブの水色のブラウスと、ベージュのクロップドパンツにすることにした。普通の半袖でも良かったのだが、それこそ、二の腕だけが日焼けしていない球児みたいな、いわゆる「二色アイスクリーム」になって、夏を乗り切るのはごめんだからだ。そこだけは乙女心が働いて、いっそ日焼けするなら、二の腕まで全部焼けてしまおうと考えていた。

大学に入学して三か月。化粧もある程度慣れた。化粧水、乳液、日焼け止め、下地、ファンデーションの順に塗っていく。姉に聞いたり、女性誌を読んだりして、もっとメイクの勉強をした方がいいとは思ったが、そこまで試行錯誤をする余裕はまだない。それに、今日は自然と汗が噴き出る気温だ。化粧が崩れて直す時のことを考えると、下手に気合いを入れたメイクをしたら、万が一の時に惨事が起こりそうで怖かった。

最後に鏡で自分の姿を確認する。野球帽もブラウスもクロップドパンツも小物を入れるトートバッグも化粧も、どこもおかしいところはない。髪も跳ねていない。もっとも、帽子を被るから、髪が跳ねていても多少は誤魔化せるけど。

この日のために、肩より少し伸びた髪を思い切ってショートカットにした。これも話題作りのためというのはあるけど、髪が日差しに当たって暑いというのも理由の一つだった。熱中症で倒れたら、元も子もない。

全てはこの日のため。

私は期待と不安をないまぜにしながら、家を出た。

2

大きい人だなと、最初に見かけたときはそう思った。

運動部がひしめくグラウンド。自分はソフトテニス部で、彼は野球部。グラウンドの横に作られたテニスコートのすぐそばで、野球部が練習していたというのもあるが、特に意識はしていなくても視線は自然と彼に向く。

高校に入学して間もないのに、がっしりとしていて、一八〇センチ以上は確実に超えている堂々とした体格をしていたため、目立っているというのはあった。それ以外の理由は特にない。ないけど、特に集中していないときは、彼の姿を見ていた。

暇な時やチャンネル争いがない時に、父が野球中継を見ることはあったが、その当時の私は、これっぽっちと言ってもいいほど、野球に興味はなかった。家族の中で男が父しかいないという環境が影響しているものの、何が面白いんだろう?と、不思議に思っていたほどだ。それぐらい野球に興味のなかった私が、彼に関心を持ったのは不思議に思う。

クラスが違うので、彼とは特に接点もなく、二か月が過ぎた。

梅雨に入る前の六月の晴れた日。いつも通りソフトテニス部の部活が終わって、同じ部員の友達数人と一緒に帰ろうと校門をくぐった時に、携帯電話を失くしていることに気がついた。

「先に行ってて」と友人たちに一言かけて、急いで学校に戻った。

おそらく、ソフトテニス部の部室から校門までのどこかで落としたに違いない。部活をするまではカバンの中にあったので、まず教室に忘れたということはない。高校生になってようやく買ってもらった携帯電話。しかも、今流行りの最新機種。失くしたと親に言えば、高校卒業まで買ってもらえないかもしれない。

校門からグラウンドの入り口まで目を凝らして探してみたが、それらしいものは見つからなかった。だとすると、部室の中だろうか？　顧問の先生に頼んで開けてもらうか、明日の部活の時間まで待つか、どちらにするか悩みながらグラウンドに出ると、運動部の部室棟に人影が見えた。タオルを持って、ブオン、ブオンと、音を立てて投げつける動作を、なぜか女子ソフトテニス部の部室の前で繰り返している。

恐る恐る顔が分かる距離まで近づいてみると、例の背の高い彼だった。

「あの」と声をかけると、私に気がついたらしく、彼は投げつける動作をやめ、こちらに歩み寄ってきた。

「もしかして、これを落とした人？」

彼はパールピンクの携帯電話を差し出してきた。

「あ、そうです。私のです」

少しおどおどしながら、私は携帯電話を彼から受け取った。

部室の鍵は当番制で職員室に返すことになっており、当番である私が最後に部室から出ていた。鍵を閉める時に、カバンの小さいポケットに携帯電話を入れていたせいで、何かの拍子に落としてしまったのかもしれない。

「テニス部の部室の前に落ちていたから拾ったんだ。もう少し待ってみて、持ち主が現れなかったら、職員室に落とし物として届けに行こうと思っていたところだよ」

大きい体の割に、話し方は穏やかで優しい感じだった。

彼はカバンの中にタオルを仕舞って帰ろうとしていた。私は慌ててお礼を言う。

「あの、ありがとうございました」

「いいよ。どうせシャドーピッチングは日課にしていたし」

シャドーピッチングって何だろう?と、聞き慣れない言葉に首を傾げながら、私はこの機を逃してはならないと思った。ただ彼の姿を眺めるだけでなく、彼と仲良くなりたい。何故だか分からないけど、そんな思いに突き動かされ、私は気がつくと、彼に自己紹介をしていた。

「私は一年三組の杉山明日香です」

言い終わった後、私は心臓が高鳴っていた。何の脈絡もなく、自己紹介をしてしまったことに、彼がどういう反応をするのか怖かった。

彼は少しポカンとした顔をしていたが、

「俺は一年七組の工藤和幸」

私がしたのと同じように、名前とクラスだけを言う簡素な自己紹介を返してくれた。

「本当にありがとうございました」と頭を下げる私に、彼は振り返らずに、左手だけを挙げて帰っていった。

携帯電話を拾ってくれた上に、持ち主である私が現れるまで、ずっと待っていてくれた彼の親切心がそうさせたのかもしれないが、私は胸のあたりがポカポカと温かい気持ちだった。

これが恋の始まりだったのかもしれない。

この気持ちに浸りたくて、私はしばらく携帯電話を握りしめたまま、誰もいないグラウンドに立ち尽くしていた。

工藤君と自己紹介をしあって数日後。ソフトテニス部の練習も何もない日曜日。私は小学生以来となる、お菓子作りに挑戦していた。

母も姉も「どういう風の吹き回し?」と目を丸くしていた。工藤君に携帯電話を拾ってもらったお礼に、お菓子を渡そうと考えていた。工藤君が好きなお菓子が分からなかったので、比較的簡単だし、何度か作ったことのあるクッキーにしようと決めていた。もちろん、家族の誰にも「男の子に渡すため」とは言っていない。「テニス部の友達とお菓子を作って交換するため」という口実にした。

また引っ張り出すとは思っていなかったお菓子作りのレシピ本は、かなり埃を被っていた。母にも手伝ってもらい、多少、粉っぽい味になってしまったかもしれないが、久しぶりに作ったにしては上々の出来に仕上がったと我ながら思う。十個くらい選んで、家に残っていたラッピング素材で包装した。傷むといけないから、休日明けの月曜日に必ず渡そうと意気込んでいた。

その当日の月曜日。意気込んだものの、わざわざ工藤君のいる七組に行ってまで渡す度胸は流石にない。部活が終わって、帰るときに渡そうと思っていた。ソフトテニス部の友人たちには、「同じクラスの友達と約束しているから」と適当なことを言って校門で別れた。

公立高なので、部活動が終わる時間はみんな一緒だが、屋外の運動部の中では野球部が一番遅く帰っていく。私はしばらく校門で待っていた。そのうちに、坊主頭の男子たちがぞろぞろと校門をくぐっていく。一人ずつ顔を確認して、一番最後の列に工藤君はいた。

「工藤君」

私が呼び止めると、彼は私の顔を見るなり、目をパチクリさせていた。どうやら、私の顔と名前がすぐに出てこなかったらしい。

「えーと。杉山さんだっけ?」

「は、はい。そうです。この前はありがとうございました」

私が三回目となるお礼を言うと、工藤君の隣で喋っていた男子が顔を覗かせた。

「あれ? 杉山じゃん。どうしたん?」

牧谷《まきたに》君だった。彼とは小学校から同じ学校の、ちょっとした腐れ縁の同級生だ。遊びに行くほどの仲ではないが、たまに他愛のない話をする時もある。明るく気さくなので、いつもクラスの中心にいるような男子ではあるけど、皮肉屋な一面があって、大っぴらに愚痴を言うのが玉に瑕だった。彼も小学校から野球をやっていて、高校でも野球をするとは思っていたが、まさか工藤君と仲がいいとは知らなかった。

いざ渡そうと思うと、中々勇気が出ない。しかも見知った人もいるとなると余計に。「あの、その」と口ごもるばかりで、言葉も出てこないし、もじもじするばかりだった。背後に隠しているクッキーの入った包装が手の汗で濡れないか心配になるくらい、私は緊張していた。

工藤君は、そんな私をずっと見つめていたが、何かを察したのか、牧谷君の方に顔を向けた。

「悪いけど、牧谷。今日は先に帰ってくれないか?」

「えー。なんだよ、それ。俺だけ除け者にすんの?　っていうか、お前ら、いつ知り合ったのよ?」

口を尖らせ、不満顔の牧谷君に、「また詳しく話すからさ」と工藤君は宥めていた。

「絶対、包み隠さず、全部言えよ」とだけ言い残し、牧谷君は「じゃあ、また明日な」と挨拶して帰っていった。姿が見えなくなるまで牧谷君を見送った後、工藤君は私の方に向き直る。

「俺に何か用?」

ちょっとぶっきらぼうな口調で、工藤君は聞いてきた。

この時、私は初めて、衝動的で独りよがりなことをしていると気がついた。

もしかして、迷惑だっただろうか。もうお礼は言っているし、お菓子を渡すなんて、やりすぎだっただろうか。感動するくらい美味しいものでもない。あくまで、久しぶりに作って、上々の出来だっただけだ。好きかどうかも分からないのに、こんなものを渡してどうなるのだろう。今なら、「何でもない」と言って、その場を立ち去ることはできる。その方がいいんじゃないか。

時間にしてみれば、数秒のことだったと思うが、ネガティブなことばかり考えていた。そんな私の背を押してくれたのは、少しだけ残っていた勇気の欠片だったのかもしれない。

「あ、あの！　迷惑じゃなければ、この前の携帯電話のお礼に……」

最後は掠れて、声になっていなかったと思う。でも、私は思いを込めたクッキーを両手に乗せて、工藤君に差し出した。

頭を下げていたので、彼の顔は見えなかった。戸惑うような「え?」という声だけは辛うじて聞こえていた。

「そんな……。ただ拾っただけなのに、こんなことしなくても……」

工藤君の困ったような声を聞いて、すぐに後悔の波が押し寄せる。

ああ、やっぱり渡さなければ良かった。

急に鼻の奥が痛くなって、涙が出そうになった。

何で相手のことを考えずに、こんなことをしたんだろう。バカだなぁ私。「ありがた迷惑なことをしてごめんなさい」とでも言って、クッキーをカバンの中に戻そうか。今なら、それで誤魔化せるかもしれない。

そんな風に、自分を責める言葉と逃げ出したい恥ずかしさで頭を一杯にしていると、ふいに両手からクッキーの包みの感触がなくなった。

「なんか、逆に気を遣わせたみたいで悪いね。でも、嬉しいよ」

顔を上げると、工藤君は少し困り気味に笑いながら、私の顔と受け取ったばかりのクッキーを交互に見つめていた。

「あ、でも、それ、私の手作りだし。お菓子作りなんて久しぶりだから、そこまで美味しくないし、何が好きか分からないから、クッキーにしたんだけど……」

私は受け取ってくれた嬉しさよりも、拙いものを渡してしまったという恥ずかしさで一杯になり、お礼よりも弁解の言葉が先に出てきてしまった。

もじもじと言い訳ばかりする自分がとても情けなく思うが、工藤君はそんなことを気にしている素振りはなかった。

「クッキーか。俺、家が和菓子屋だから、お菓子といえば和菓子ばっかりだからさ。こういうの嬉しいよ」

穏やかな笑みを浮かべながら、工藤君はラッピングが崩れないように、そっとクッキーの入った包みをカバンの中にしまった。

「受け取ってくれて、ありがとう。迷惑かもしれないとは思ったんだけど」

校門で待ち伏せしている間はそんなことを一度も考えていなかったくせに。

自分の中の意地悪な悪魔がそう囁いたけど、私は無視した。とにかく、今はこの時間を大事にしたい。

「そんなことない。ありがたく頂戴します」

何故か大げさにお辞儀する工藤君に、私もつられて「いえ、お粗末ですが」とお辞儀で返す。はたからみればコントみたいなやり取りだった。小さくなるばかりの私を気遣って、彼なりにおどけてみたつもりだったらしい。

「それじゃあ、また」

「あ、うん。じゃあ」

自己紹介をした時のように、左手を挙げて、工藤君はその場を後にした。

私もつられて、手を挙げる。帰る方向は一緒だったみたいだが、私はその場に立ち尽くしていた。しばらくして、思いが伝わった嬉しさが沸々と込み上がってくる。

渡す直前までの恥ずかしさや後悔などは忘れて、明るい曲を大きな声で歌いながら帰りたい気分だったが、流石にそんなことはせず、控えめに鼻歌を歌いながら、私は気分よく家路に就いた。


工藤君にクッキーを渡して数日後、牧谷君が不貞腐れた顔で、私と一緒にグラウンドに向かっていた。

「携帯電話を拾ってもらったお礼に、手作りのお菓子を女の子から貰うなんて、工藤は幸せ者だなぁ。俺なんか、杉山に親切にしても、何にも貰ったことないのに」

毒のある言い方をする牧谷君に対して、「私、牧谷君から親切にされたことあったっけ?」と意地の悪い返しで応戦した。

授業もＨＲも終わって、部活に行こうかと教室を出たところで牧谷君と一緒になった。

彼は隣の四組なので、偶然一緒になることが稀にある。その時は、部室棟まで他愛のない話をしながら一緒に歩いていた。

「工藤から全部聞いたぞぉ」

何故かドスの利いた声で顔を近づけてくる牧谷君に「な、何を？」と同じ距離の分、のけ反りながら聞いたところに、さっきのセリフである。

牧谷君は、盛大にため息をついていた。まだいじけているようだった。

「あ〜あ。いいよなぁ、工藤は。身長は高くてガタイはいいし、女の子にもモテるし、背番号も貰えて。どれか一つくらい俺に分けて欲しいわ」

「背番号って、貰うものなの？」

背番号よりも、「モテる」というワードの方が気になったが、工藤君に気があると悟られるのは嫌なのでそっちにした。

たまに見る野球中継やスポーツニュースでは、みんな背番号を着けている。普段の練習でユニフォームに背番号を着けていないのは知っているが、初めからみんな何かしらの番号を貰っているものだと思っていた。

私の素朴な疑問に、牧谷君は呆れながら答える。

「昔から野球に興味ないよな、お前。高校野球の背番号は、都道府県にもよるけど、

18か20までしかないの。その18までの背番号のうちの一つを、工藤が着けることになったんだよ。早い話が一年生にして夏の大会に出られるかもしれないってわけだ」

「へ～。工藤君って、そんなに凄いんだ」

私は素直に感心した。

詳しい人数は知らないけど、野球部の部員は四十人くらいいる。いくら野球に疎い私でも、上級生を押しのけてベンチ入りできるということが、どれだけ凄いことかは容易に理解できた。

「まあ、ウチの部でサウスポーはあいつだけだからな」

「サウスポー？」

また聞いたことのない単語が出てきたので、私は聞き返した。

「気になるんだったら、自分で調べてくれ……」

あまりに野球を知らない私に呆れたのか、げんなりした顔で牧谷君が呟くと同時に、部室棟に着いた。「じゃあな」と気の抜けた様子で、野球部の部室に入っていく牧谷君を見送った。

練習前にちょっと悪いことをしたかなという気持ちになったが、あまり気にしないことにして、私はソフトテニス部の部室に向かった。

各運動部には部室が一つずつ割り当てられているが、更衣室としての役割も兼ねている。覗きなどの被害に遭わないために、女子の運動部の部室には「関係者以外はノックすること」と注意書きが扉に貼られていて、扉を開けると、着替えを見られないために背を向けたロッカーがまず視界に入る。壁とロッカーの間には人一人がやっと通れる程度の通路があり、回り込むような形で部屋の角まで歩いて、長めの暖簾をくぐると、大きめの机とベンチ、ロッカーなどが置かれている中心部にようやくたどり着く。女子の運動部はどこもそうしているらしく、先輩方の涙ぐましい、着替えを覗かれないための努力の賜物だろう。

いつものように回り込むような形でソフトテニス部の部室に入ると、練習前だというのに、何故か部員のみんながどら焼きを頬張っていた。練習前に飲み食いをしないわけではないが、全員が同じお菓子を食べているというのは見たことがない。頂き物か何かだろうか。

「誰から貰ったんですか?」と、私が聞こうとする前に、二年生の先輩が尋ねてきた。

「明日香、あんた、野球部の一年生で知り合いいいない?」

「いますけど……」

野球部の一年生と聞かれて、まず思いつくのは牧谷君だが、何故そんなことを聞いてくるのだろうと不思議に思った。

「背の高い野球部の一年生が、いきなりウチに来てさ。これ、良かったら皆さんで召し上がってくださいって、持ってきたの」

先輩はどら焼きを指さしながら、ことのあらましを説明する。

工藤君だ！

先輩の話を聞くや否や、私は部室を飛び出していった。

まさか、クッキーのお礼にあれを？

だとしたら、釣り合わなさ過ぎて、こちらが申し訳ない気持ちになる。部員の何人かが既に食べた後なので、返すことはできないが、とりあえずお礼だけはしておこうと思った。

部室を出てグラウンドを見渡すと、練習前にも関わらず、バットを持って熱心に素振りをしている工藤君を見つけた。私はすぐに駆け寄る。

「工藤君！」

呼ばれた彼は、少し驚いたような表情でこちらを向く。

急いで駆けてきたので、ちょっとだけ息を切らせながら彼の前に立つと、私は勢いよく頭を下げた。

「あの、お菓子ありがとう。それとごめんなさい。今度は私が気を遣わせてしまったみたいで」

周りに見られるのはお構いなしに、グラウンドに響くような大声で言った。恐る恐る頭を上げていくと、工藤君はケロッとした顔をしていた。

「ああ、あれ。いいよ、気にしなくても。宣伝も兼ねているんだから。それより、クッキー美味しかったよ。こちらこそ、ありがとう」

「せ、宣伝？」

あっけからんとしている彼に驚いて、私は思わず素っ頓狂な声が出てしまった。

「この前言ったよね。家が和菓子屋をやってるって。あのどら焼きと一緒にカタログも渡したんだよ。お中元のシーズンだし、クッキーのお礼も含めて。だから、女子テニス部のみんなに向けて渡したんだ」

「だから、お礼のやり取りはもうこれでおしまいにしよう」と笑顔で言う彼の姿を見て、私は胸が高鳴った。お礼をしないのは気が引けるけど、私に気を遣わせまいとする優しさがとても心に響いた。このままだと、お互い卒業まで物を贈り続けなければならない。

出来た人だなぁと感心して、しばらく呆けていたが、私は思い出したように話題を変える。

「そういえば、牧谷君から聞いたよ。背番号を貰ったんだって？」

「うん。どん尻の18番だし、出られるかどうかは分からないけど、精一杯やるつもりだよ」

「凄いなぁ。私と同じ一年生なのに」

「ただ単に、部内で唯一のサウスポーだから選ばれたのかもしれないけどね」

謙遜して自嘲気味に工藤君は笑った。

またサウスポーという単語が出てきたので、牧谷君の時と同じように聞き返そうとしたが、やめた。せっかくいい雰囲気で喋っているのに、呆れられるのは嫌だ。

「それじゃあ、練習頑張ってね。どら焼きありがとう」

そう言い残して立ち去る私に、彼は微笑みながら、返事の代わりに左手を挙げた。

そういえば、「宣伝」という言葉があまりにも突飛すぎて忘れていたが、クッキーが美味しかったと褒めてくれたのを、部室に帰る途中で思い出していた。

やっぱり渡して正解だったなと、嬉しさのあまり、顔をにやけさせながら部室の扉を開ける。上機嫌のまま暖簾をくぐると、すぐさま部員のみんなに囲まれ、工藤君との関係についてあれこれ詮索された。

携帯電話を拾ってもらったお礼にお菓子を渡したら、このどら焼きをお返しに貰った。家が和菓子屋なので、宣伝も兼ねてどら焼きを持ってきたらしい。と、簡潔に説明した。勘ぐられるのは嫌なので、「手作りのクッキーを渡した」とは言わなかった。

「彼とは、今どういう関係なの？」

そう聞いてくる人もいて、少し言葉に詰まった。

「友達というほどでもないし、みんなが思っているような関係じゃないですよ」

そう答えたが、ちょっと胸が痛むような感覚だった。

そうだった。工藤君とは、まだ「友達」っていうほど会話もしていないし、親しいわけでもないんだ。

そう聞かれて初めて疑問に思った。考えたこともなかった。

今の私と彼はどういう関係なんだろう？

もっとも、三回しか会話をしていないので、誰が考えても「顔なじみ」という関係であるのは当たり前なのだが、何故か言い知れない焦燥感に襲われた。

私が色恋沙汰ではないと否定したせいか、みんなの詮索はパタリと止まって、それぞれ練習の支度を再開し始めた。

そういえば、まだどら焼きを貰っていないことに気づき、誰かに取られる前に、一つ頂戴した。部室の中央を陣取る大きめの机の上には、まだ何個か残っている薄いセロハンで包まれたどら焼きと、薄い冊子だが、彼の言っていたカタログがあった。ふと、カタログの表紙を見ると、付箋紙が貼られていた。

そこには、「お中元にはぜひ明海堂で」と書かれていた。

こんなことを書いても、女子高生が親に宣伝するわけもないのに。

商売熱心だけど、徒労に終わると考えていなかったのか、それとも、それも織り込み済みで書いたのか。いずれにせよ、カタログに貼られた付箋紙の文字を見て、私は思わず吹き出しそうになった。

練習の時間が迫っていたので、どら焼きは練習終わりに食べた。思ったよりも甘すぎず、上品な味で、とても美味しかった。部室の机に放置していても捨てられそうなので、付箋紙付きの商魂たくましいカタログは、私が持って帰った。

その日の夜。

「ねぇ、お父さん。サウスポーって何?」

仕事から帰ってきた父にこう尋ねると、口を大きく開けて驚いているようだった。

「お前、野球に興味なかったんじゃないのか？」

と聞かれたので、同じ一年生の男の子が背番号を貰い、その理由がサウスポーだからだと本人も他の野球部員も言うから、気になったので聞いてみたと説明した。

「サウスポーっていうのは、左投げの投手のことだよ。語源は知らないけど、野球ではそう呼んでいるな」

そう説明されて、そういえば、別れ際にいつも左手を挙げているなと思い出した。

なるほど。どのスポーツでも左利きは確かに少ないし、重宝されてもおかしくはない。だから、工藤君も牧谷君も同じことを言っていたのかと、ようやく腑に落ちた。

夕食を食べて、お風呂に入った後、私は自室のベッドの上で、中学の頃の体育の教科書を開いて、野球のページを眺めていた。一度も授業で使わずに中学を卒業し、何のために配られたのかよく分からないものだったが、まさか野球を知るために役立つとは、あの頃の自分では想像もしなかっただろう。

野球は、投手《ピッチャー》、捕手《キャッチャー》、一塁手《ファースト》、二塁手《セカンド》、三塁手《サード》、遊撃手《ショート》、左翼手《レフト》、中堅手《センター》、右翼《ライ》手《ト》の九人から編成され、攻撃と守備をその回の表と裏で交代しながら、九回まで点を競う。投手から投げられたボールを打者が打ち、一塁、二塁、三塁、本塁の順に走り、本塁まで到達すれば点が入る。打者が投手の球を打てずにストライクのカウントが三つになると一つアウトになる。ボールを打った打者は、次のベースに到達する前に、グローブにボールの入った状態でベースを踏まれるか、タッチされるとアウトになり、守備側の九人の誰かがフライを取ってもアウトになる。アウトカウントが三つになると、攻守交替となる。

ここまでは何とか覚えることができた。だが、文字や絵だけを見ても、やっぱり何が面白いのか分からない。そのまま、野球のページと睨めっこをしていると、扉が開いて誰かが入ってきた。

「明日香ぁ、この前聞きたがっていたCD、ここに置いとくよ」

姉の遥香《はるか》だった。数日前に貸してくれと懇願していたロックバンドのCDを私の学習机に置いていく。視線は向けず、私は「うん」と生返事だけをした。眉間にしわを寄せながら、熱心に体育の教科書を眺めている私を見て、姉が覗き込んでくる。

「何を熱心に見ているのかと思ったら、野球のページじゃない。いきなり、お菓子作りするだの、野球のことをお父さんに聞くだの、あんた、最近変よ」

勘ぐるような姉の視線に、私はギクッと体を強張らせる。

三個上の大学生の姉とは、CDの貸し借りをしたり、休日に二人で遊びに行ったり、姉妹関係は悪くないが、私の恋愛を茶化す癖がある。どこの兄弟姉妹でも、弟や妹にとって兄や姉は絶対の権力者であり、逆らうことは絶対にできない。

そんな私の反応を見て、姉はすべてを悟ったように目を光らせる。

「もしかして、その背番号を貰った一年生の男の子に恋しちゃったとか?」

「べ、別にそんなんじゃないよ」と慌てて否定するが、顔がみるみる赤くなっていくのが自分でも分かった。

「ははぁ。この前のクッキーも、その子にあげたわけね。高校入学して三か月で彼氏を作るとは、我が妹も隅に置けないわねぇ」

クスクス笑いながら冷やかしてくる姉に、「そんなんじゃないってば!」と必死に否定するのだが、姉は「はいはい」と軽く流して、私の部屋を出ていった。

普段はバイトやサークルに忙殺されて、大学生活をこの上なく満喫している姉なのだが、よりにもよって今日は早く帰宅してきたのだ。気になって仕方なかったからというのはあるが、茶化されるくらいなら、サウスポーの意味を聞くのは、別の日にすれば良かったかもしれない。

残された私は、姉に茶化された悔しさと恥ずかしさで一杯になり、顔が熱かった。

「そんなんじゃないもん……」

自分しかいない部屋でポツリと呟いた時に、部活の練習前、「彼とは今、どういう関係なの?」と聞かれたことを、ふいに思い出して胸が苦しくなった。

もう一度、自分に問いかける。

工藤君と私はどういう関係なのだろう?

答えは見つからなかった。無意味だとは分かっていても、何か答えが欲しかった。

無性に不安と焦りを感じて、胸を押さえる。

あれが恋の苦しみだったのかもしれない。そう気づいたのは、だいぶ後になってからだった。

結局、工藤君の出番はなく、県大会の二回戦で野球部は敗退したらしい。

こうして、私たちの一回目の夏は終わった。

3

私の住んでいる街は、海が近い。魚市場が主な観光資源だが、電車を降りてすぐに見えてくる城跡も数少ない観光地の一つだった。公園と銘打っているが、櫓とわずかな城壁と石垣だけは残っており、自然と歴史を同時に感じることができる情緒のある所だ。春は桜が咲き、花見をする人で賑わう。そして、その広い敷地には、陸上競技場一つと野球場二つが併設されており、その中の野球場の一つが、全国高等学校野球選手権大会、いわゆる夏の甲子園の予選会場の一つだった。

奇しくも、去年と同じ球場で、母校の野球部は三年間の努力の結果を試される。初戦の相手は県内の同じ公立校。実力は伯仲していて、悪い言い方をすれば、どんぐりの背比べだった。

試合開始は十時ちょうど。私は試合開始の一時間も前から、待ち合わせ場所にしている公園の入り口に立っていた。トートバッグに入れているコンパクトミラーを何回も出してはしまい、髪や化粧を事あるごとにチェックし続けている。

そわそわして落ち着かない。じりじりと暑い屋外にいることもあり、汗が気になってくる。あれだけ念入りにチェックして家を出たというのに、自分の身なりが気になって仕方なかった。遅刻するよりかは、早く来るに越したことはないが、家を出る時間を調節すれば良かったと今更ながら後悔した。次第に逃げ出したくなる弱気な気持ちも顔を覗かせてくる。

落ち着かない気持ちで十五分くらい待っていただろうか。通りの向こうから、他の人より頭一つ大きい体をした坊主頭の青年が見えた。

信号が青になり、こちらに近づいてくる彼に、私は手を振って呼びかけた。

「工藤君」

私の声に気づき、「おっ」とした顔を見せながら、こちらに向かってきた。彼は白いTシャツにグレーのチノパンというラフな格好だった。

私は見上げるように、彼の顔を見つめる。

「杉山、久しぶり」

「うん、久しぶり」

久しぶりに再会して、どこか照れ臭い気分だった。

「髪切ったんだな。雰囲気が変わっていて、最初気がつかなかったよ」

高校時代と変わらない穏やかな話し方で、工藤君は私の容姿の変化に気づいてくれた。

私は「ヨッシャー！」と、心の中でガッツポーズを決める。

「今年は猛暑らしいから、思い切って髪を切ったの」

「その帽子も、今日のために買ったの？」

「うん。デパートで適当に買ったものなんだけど……。日傘よりいいかなと思って。ねぇ、このロゴってどこのチームの帽子？」

私が帽子に書いてあるロゴを指さして尋ねると、工藤君は首をひねった。

「さあ？　見たことないなぁ。海外の野球はあまり知らないし。デパートで買ったんだったら、それらしいロゴを適当に入れただけかも」

帽子のことも気づいてくれて、今回の選択は大正解だったらしい。今の自分がもし犬だったら、ちぎれんばかりに尻尾を振り回して喜んでいるだろう。それくらい、彼との再会も、彼が私の容姿に気づいてくれることも、すべてが嬉しかった。

「まだ試合開始まで時間あるけど、球場に入る？」

工藤君が携帯電話の画面を見ながら尋ねてくる。

「うん。早く入って、特等席取っておこうよ」

「じゃあ、行こうか」

「うん」と私が笑顔で返事をして、私たちは球場に向かって歩き出した。

自然に会話できて良かったぁ。

雰囲気が変わったって、化粧のことかな？　それとも、私服も髪型も全部かな？

どっちにしても、とっても嬉しい！

自然に会話ができた安堵感と久しぶりに再会した高揚感がないまぜになって、私は幸せな気持ちで一杯だった。

少し歩いて自販機を見つけると、工藤君が話しかけてくる。

「飲み物は買ってる？」

「トートバッグの中に水筒を持ってきてるよ」

「俺、何も持ってきてなくてさ。ここの自販機で買ってもいい？」

「まだ時間あるんだし、そうしなよ。飲み物無いと、熱中症で倒れちゃうよ」

「じゃあ、ちょっと待ってて」

ポケットから財布を出し、工藤君はスポーツドリンクを一本買った。

彼の後ろ姿を見つめながら、私は尋ねる。

「工藤君、また背が伸びたんじゃない？」

「どうかな？　高校卒業してから一度も測っていないから分からないよ」

「健康診断とかやってないの？」

「やってないなぁ。去年まで元気に野球やってたから、必要ないと思われてるんじゃないかな。親父は毎年、人間ドックを受けてるみたいだけど」

「なんか割とぞんざいだね。大事な跡取りじゃないの？」

「無理に継ぐことはないって言われてたからね。親父からすれば、勝手にしろって思ってるのかな」

　工藤君は苦笑いしながら、頭をかく。

　私は彼の髪型に視線が行った。

「髪の毛、また丸刈りにしたんだね」

「ああ。和菓子作りするんだったら、髪は短い方がいいかなと思って、坊主頭にしたんだ。高校卒業してすぐに、スポーツ刈りにしたんだけど、全然似合わなくってさ。一か月もしないうちに、理髪店に行ったよ」

　私は思わず吹き出す。

「何それ。私も工藤君のスポーツ刈り、見てみたかった」

「びっくりするくらい似合わないぞ」

工藤君のスポーツ刈りを想像しながら、私たちは笑いあっていた。

私のショートカットに気づいてくれたお返しも兼ねて、彼の髪型も話題に挙げたのだが、まさかお腹を押さえるくらい笑うことになるとは思わなかった。そんな風に他愛のない雑談をしていたら、あっという間に野球場までたどり着いてしまった。

私たちの母校は一塁側なので、一塁側の入り口で五百円を払って球場に入る。階段を上り、中に入ると、随分懐かしく感じた。まだ一年しか経っていないはずだし、何も変わっていないのになぁと不思議な気分だった。妙な感慨に浸りながら、工藤君と一緒に観客席に入ると、試合開始まで三十分以上もあるというのに、それなりに人が入っていた。ベンチ入り出来ず、観客席から応援する球児たち。野球部ＯＢと思われる男性。ベンチ入りの選手の中に彼氏でもいるのか、若い女の子も何人かいた。ただ、一回戦だからか、それとも期待されていないのか、両校ともブラスバンド部はいなかった。

あまり近すぎてもプレーが見えづらいので、やや前よりの中段の席に私たちは座った。席と言ってもコンクリートの上にプラスチックの板が載っているだけの簡素なものので、その気になれば、前の人の背中を蹴ることもできそうなくらい、狭くて質素なものだった。

　私はトートバッグを足元に置き、ミニタオルを出して、化粧が崩れないように少し触れる程度に汗を拭く。心なしか、家を出た時よりもじりじりと気温が上がっているように感じた。

「用意がいいな」

　私のミニタオルを見て、感心するように工藤君が呟いた。

「去年、来た時も暑かったからね」

　去年は汗も気にしないで、試合に見入っていたのだが、今年は工藤君が横にいる。汗だくな姿なんか見せたくない。

「杉山は、野球観戦するのは二回目？」

「うん。去年観に行ったのが初めて。工藤君は何度も観に行ってるの？」

「小学生までは年に二、三回、プロ野球も高校野球も観に行ってたかな。中学からは練習が忙しくなって、観に行かなくなったけど。親父が毎年、俺と弟を連れてこの球場で高校野球を観戦するのが恒例だったんだ。夏の風物詩みたいなもんだったよ」

　懐かしそうに話す工藤君の横顔を見ながら、「そうなんだ」と、私は笑顔で相槌を打つ。

ずっと昔から工藤君は野球小僧だったのかなと思うと、自然と笑みがこぼれる。と同時に、あれだけ野球に打ち込んでいたのに、去年の結果を思い出すと今でも胸が痛む。

「勝つかな？　うちの野球部」

「初戦くらいは勝つさ。それくらいの力があいつらにはある」

思わず出た私の呟きに、工藤君は自信満々に答えていた。

そうだ。勝ってもらわなくては困る。私はこの試合に賭けているのだ。

何せ、この試合に母校が勝ったら、私は工藤君に思いを告げようと思っているのだから。

試合開始の時間は刻一刻と迫っていた。

4

高校生活、最初の夏休み。

ソフトテニス部は、既に高校総体の地区予選で全員が敗退したため、ゴールデンウイークが終わった頃から三年生はみんな引退していたが、夏休みに入る前に野球部も三年生が引退し、グラウンドは少し寂しくなっていた。もっとも、この寂寥感も一時的なもので、新入生が入るまではこの光景が普通になるのだろうけど。

夏休みに入り、陸上部以外の運動部は、練習試合で忙しくなっていた。どこの部も二年生と一年生の新チームが発足して、誰をレギュラーとして使うか見極めなければいけない。そのため、顧問の先生の熱心さにもよるが、普通の練習以外にも、いつも以上に他校との練習試合が組まれることが多い。とはいえ、団体戦はあるが、ソフトテニスはペアを組んで個人戦で試合に出られるので、団体戦のレギュラー奪取のためめに練習に熱を上げることはなかった。来年レギュラーを目指せばいいかなという程度で、できれば二年生の先輩たちにレギュラーを取って欲しいとすら思っていた。事実、今年の高校総体の団体戦のレギュラーもほとんどが三年生だったたし、先輩たちを押しのけてまでレギュラーを取りたいという野望は、私にはなかった。

夏休み中、野球部が練習している姿を見かけてはいたが、工藤君や牧谷君と話をする機会はなかった。ほぼ毎日、朝から夕方までみっちり練習する野球部と違い、ソフトテニス部は週一回休みがあり、それも六日のうち半分は午前中で練習が終わる。また、少なくとも週一回はお互い他校との練習試合に行くこともあったので、なおのことだった。

盆に入り、私たちは二年ぶりに母の実家である島根県に帰省した。父の実家は私たちの住んでいる街からすぐそこなので、盆か正月のどちらかで島根に帰省するのが恒例となっていて、今年は盆に帰省することとなった。去年は、私や姉、従兄の三人がそれぞれ高校受験や大学受験を控えていたこともあって帰省はしていない。

母の実家は、島根県西部の小規模都市にある。いくつかスーパーやドラッグストアなどが点在しているため、日用品の買い出しには困らないが、他県との行き来をする交通の便が非常に悪い。新幹線で一度山口県まで行って、そこから特急に乗り換える。

要するに、ぐるっと遠回りしなければいけないのだ。夜行バスは運行しているが、クタクタに疲れるので一度しか利用しなかったし、自家用車もあるのだが、あいにくと父母どちらも、長距離の車の運転は好きじゃないときている。なので、いつも列車を乗り継いで帰省していた。

朝に出発し、昼過ぎになってようやく到着した。距離的には大したことないはずだし、一番早く着くルートなのだが、それでもこれだけの時間を要するというのが、いかに交通の便が悪いかを如実に語っている。

駅を降りて改札を出ると、伯父が七人乗りのミニバンで迎えに来てくれていた。母と同じく、伯父も関西の大学を卒業したが、関西で勤め先を探した母とは違い、故郷にIターンして地元企業に就職した。何でも故郷の自然が恋しくなったらしく、今ではその会社の工場長を務めているらしい。

田舎の日本家屋は無駄にでかく、部屋がいくつもある。私と姉の二人は、私より一つ年下の従妹である良美《よしみ》の部屋でいつも寝ることになっている。二階にある六畳の和室で、昔はもう一人の従兄の洋治《ようじ》、私たちは洋ちゃんと呼んでいるが、その洋ちゃんも含めた全員で雑魚寝していた。だが、姉が中学に上がるタイミングで、この六畳の和室を良美が貰ったらしい。長子である洋ちゃんが四畳半の洋間に押し込まれたのは不憫な気もするが、我々が帰省してくることも考えて、良美に広い部屋を与えたらしい。もっとも、洋ちゃんも県外の大学に進学しているため、普段から彼の洋間は空き部屋になっているらしいのだけど。

従妹の良美は、少しオタクの気があって、明るい性格ではあるが、昔から外で遊ぶよりも絵を描くことが好きなインドアな子だった。毎回帰省するたびに、良美の買った漫画が徐々に増えており、今では本棚だけに収まりきらず、押し入れにまで浸食しているとのことだった。風呂上がりに二年ぶりに良美の部屋に入った際、「また漫画の数、増えたんじゃないの?」と姉が呆れ気味に部屋を見渡すと、「そっちと違って、遊ぶところがないから、お小遣いの使い道がないんだもん」という良美の言い分が返ってきた。

ここ最近買った良美のおすすめを紹介されそうになったが、夜行バスよりも楽とはいえ、移動の疲れが溜まっていた私と姉は「明日にして」とあしらって床に就いた。

帰省するといつものことなのだが、良美も含めた私たち三人は一番起床が遅い。居間に行くと、男は洋ちゃんだけで、父と祖父と伯父の三人は朝早くから釣りに出掛けたらしい。海沿いの田舎の男は趣味の相場が決まっており、釣りか車かパチンコのどれかだ。田舎に住んでいる祖父と伯父はもちろんのこと、海沿いの出身ということもあって、私の父も釣り好きだ。妻の実家に行くと大抵は居心地が悪いものだが、私の父に関しては例外らしい。

昔は釣り好きの男三人に付いて行って海辺で遊ぶこともあったが、思春期ぐらいからそんなこともしなくなった。ゴカイなどの餌が気持ち悪くて、釣りをしたいとも思わない。高校生になった今では、家にこもって従兄妹たちとゲームして遊ぶのが恒例になっている。

少し遅い朝食を摂りながら、テレビを見ていた。連続テレビ小説は放送が終わっており、高校野球を中継している。

洋ちゃんは朝食を食べた後、ずっと高校野球を見ていたらしい。私の姉と同い年の彼も、去年まで高校の野球部に入っていたので、暇な時はついつい見てしまうのだろう。そんな彼に付き合って、朝食を食べた後も私は高校野球を見ていたが、しばらくして洋ちゃんが驚いたように私の顔を見る。

「どげんした、あーちゃん。野球に興味なかったんじゃなぁんか？」

あーちゃんとは、明日香の「あ」の字を取った私のあだ名だ。昔から父方母方関係なく、親戚からはこう呼ばれている。

工藤君を介して野球に興味を持ったのはつい最近のことなので、そりゃあ驚くだろうなとは思っていた。今まで野球に見向きもせずに姉や良美と一緒に漫画を読んだり、ゲームをしていたりしたのだから当然の反応かもしれない。

「うん。ちょっとね」

特に理由を言わない私を、訝しんだ目で洋ちゃんは見ていたが、深くは追及しないで、すぐに視線をテレビに戻していた。

昼食を食べると、今度は母と祖母と伯母が買い出しも含めて出かけるという。男三人が釣りに行くのに対して、女三人は買い出しのついでに喫茶店に入って長話するのが恒例行事になっている。そのため、家に残ったのは子供たちだけだった。

残された私たちは全員居間にいた。姉と良美が携帯ゲーム機で対戦ゲームに興じているが、昼食を食べた後も私は洋ちゃんと一緒にボーッとテレビで高校野球を見ていた。

そして、あることに気がついたので、視線はテレビのまま、隣にいる洋ちゃんに声をかける。

「ねぇ、洋ちゃん」

「どげんした？」

洋ちゃんも視線はテレビのまま、返事をした。

「何でどのチームも送りバントをするの？　アウト一つ増えるのなら、ヒットを打ったり、フォアボールで出塁したりすればいいのに」

そんな私の素朴な疑問に、洋ちゃんは吹き出していた。

「あーちゃん、そんな簡単にヒットやフォアボールで塁に出られると思うとんの？」

「違うの？」

「プロ野球だって、どんなにいいバッターでも三割打つのが難しいくらいなんやぞ。四割に到達した打者もおらん。四死球とかも含めた出塁率いう数字の指標があるけど、それでも五割も行かん」

「へぇ。そうなんだ」

「しかも、一塁にランナーがいるとして、ヒットを打ちにいって内野ゴロでも打ってしまったら、逆に併殺打《ゲッツー》でアウトカウントが余分に一つ増えるじゃろ？　それやったら、送りバントしてしまおうっていうのがセオリーなんよ」

「ふーん」

言われてみれば、確かにそうだ。負けたら終わりのトーナメント戦なのだから、リスキーな戦術は中々取れないだろう。それなら、確実に点を取れる戦術を選ぶのは当たり前だ。

洋ちゃんの説明に納得して、私がもう一度テレビに視線を戻すと、

「明日香は、野球部に彼氏がいるもんね。だから、野球のことを覚えようと必死なんだよねぇ」

冷やかすような姉の声が聞こえた。私はハッとする。

しまった。迂闊だった。姉もすぐそこにいるんだった。

「ち、違うよ！　まだ彼氏どころか、友達でもないんだから！」

慌てて否定するが、姉はニヤニヤした顔を作って「分かっているから、そんなに否定しなくてもいいのに」とでも言いたげな顔で私の顔を見ていた。

さっきまでゲーム機と睨めっこしていた良美まで「え？　あーちゃん、彼氏できたの？」と目を輝かせながら身を乗り出してきた。

甲高い声できゃいきゃい騒ぐ私たちに、妹がいて従妹も女ばかりで見慣れた光景なのか、洋ちゃんは文句を言わなかったが、「その彼氏、どんな奴なんだ？」と興味ありげに聞いてきた。

「だから、彼氏じゃないんだってば！」

私は顔を真っ赤にして否定する。

「洋ちゃん、その彼、明日香と同じ一年生で、夏の大会で背番号を貰ったんだって」

相変わらず顔をニヤつかせながら、恥ずかしさで一杯になって俯く私の代わりに、姉が説明する。

「へぇ。公立でもそりゃ凄いな。部員は四十人くらいじゃろ？」

私はまだ赤い顔のまま頷く。

「やっぱり凄いことなんだ？」

感心している洋ちゃんに、私は俯きながら尋ねる。

「そりゃあ、人数が足りんとかそんな理由でもない限り、一年でベンチ入りするなんてよほど野球が上手くなければ出来んろう。新聞で高校野球の出場選手の欄を後で見てみんさいや。大体三年生ばっかりじゃ」

去年まで高校球児だった洋ちゃんが言うからには、余計に説得力を感じる。もしかしたら、私が今まで思っていた以上に、工藤君は凄い人なのかもしれない。

「なあ、その彼の名前、何ちゅうんじゃ？」

「だから、彼じゃないってば！」と否定しそうになるが、この場合の彼というのは「彼氏」という意味の彼なのか、三人称の意味での彼なのか、どちらか分からなかったのでやめた。これ以上否定すると、余計な墓穴を掘りそうで逆に面倒くさい。

私は口を尖らせながら、話題に挙がっている、その「彼」の名前をボソッと呟く。

「工藤和幸君……」

「工藤君か。覚えとくわ。もしかしたら、甲子園に出たり、プロで活躍したりするかもしれんからな」

今後、野球を観る楽しみが増えたとでも言いたそうな顔で、洋ちゃんは再びテレビに視線を戻した。

その後、良美の追及がしつこかったが、私が膨れっ面で恨めしそうに姉を睨む姿を見て、その場は諦めたらしい。

当の姉は、我関せずと言わんばかりに、ゲームに興じていた。

クーラーが効いていて、部屋は涼しかったが、親たちが帰ってくるまで私は嫌な汗をかいていた。


「あーちゃん。今夜は全部ゲロるまで寝かさないよ」

良美は、私に対してフフフと不敵な笑みを浮かべた。

一時的とはいえ、総勢十人もいるこの家は、夕方からお風呂に入り始める。そうしなければ、最後の人間は深夜に湯をもらう羽目になるからだ。まず、祖父が一番に入り、次に伯父、私の父が入った後、夕食を挟んで、私と姉と良美がまとめて入る。湯舟は二人が入れる程の広さしかないが、洗う順番をローテーションすれば問題ない。私たちが入った後に洋ちゃん、その次に祖母と母が一緒に入り、最後に伯母が入る。こうすることで、最後に入る伯母も十時を回る前にお風呂に入れるのだ。

そのお風呂上がり。良美の部屋でくつろごうと、部屋に入った途端に、あのセリフである。

「何のこと？」

一応、しらばっくれるが、おおよその見当はつく。工藤君のことを根掘り葉掘り聞きたいのだろう。

帰省するたびに、良美は私や姉に「好きな人いないの？」とか「彼氏とかいないの？」と聞いてくる、典型的な恋に恋する乙女なのだ。今までは移り変わりの激しい姉の恋愛事情を聞いてきたが、これまで恋愛に関して音沙汰がなかったせいか、今回は照準を私に合わせてきたらしい。

「とぼけても無駄だぜ。ネタは既に上がってんだ」

良美は深いため息をつきながら、私の肩を叩く。

わざとだろうが、何故か口調は刑事ドラマに出てくる熟練の刑事みたいだった。

「そういえば、私も詳しくは知らないのよねぇ。ヨシちゃん、今日は明日香をとことん追い詰めようか」

姉が昼に見せたニヤニヤした笑顔を覗かせる。

「じゃあ、何もないまま喋るのもつまらないし、ジュースとお菓子持ってくるね」

そう言うや否や、良美はすぐさま部屋を飛び出し、階段を下りていった。

私はため息をついた。

これは逃げられそうにないなと思った。良美だけならまだしも、姉まで興味を持ってしまっては、この先延々と追及される。特にやましいこともないし、勘違いされたままの方が面倒だ。この際、洗いざらい吐いてしまった方が楽な気がする。

しばらくして良美は、炭酸飲料のジュースやポテトチップスなどのお菓子を抱えて部屋に戻ってきた。面倒な洗い物をしたくないからか、戸棚にしまってある紙コップもくすねてきていた。

「さあ、女子会だー」

お菓子の袋を全て開封し、良美が両手を挙げて明るい声で宣言すると、姉も良美も私に向かって身を乗り出した。

「ほら、早く話しなさい。明日香」

「田舎の母ちゃん、泣いてるぞォ？」

どこでそんなセリフを覚えたのか、またしても良美はわざと渋い声を出して、ベテラン刑事のような言い回しで、姉と一緒に急かしてきた。

確かに、母はこのド田舎の出身だが、すぐそこにいるんだけど。

私は余計なツッコミを心の中で入れる。

二人とも目が怖い。

別に何も面白くないと思うんだけどなぁと、心の中で呟きながらも、私は観念して工藤君との出会いから今に至るまでを姉と良美に話し始めた。

「それだけ？」

拍子抜けするような顔で尋ねてくる姉と良美に対して、私はポッキーを頬張りながら、こくんと頷いた。

携帯電話を拾ってもらって、その場で自己紹介して、お菓子をあげたり貰ったりした。

何も包み隠さず、嘘は一言も言っていない。

「なぁんだ。あれだけ熱心に野球を覚えようとしているから、てっきり告白して付き合ってるのかと思ったのに」

もっと面白い関係に発展していると思ったのか、姉はつまらなさそうに壁にもたれた。

「だから、何度も言ってるじゃん。工藤君とは、まだ友達というほどでもないんだって」

私は呆れた声で言った。こればかりは早とちりして勝手に妄想していた姉が悪い。

一気に白けたのか、寝転がり始める姉とは対照的に、良美はまだ顔を輝かせていた。

「でも、その工藤君っていう人、優しいよね。あーちゃんが戻ってくるまで、拾った携帯電話を預かって待っているなんてさ。あーちゃんが恋しちゃうのも分かるなぁ。まるで少女漫画みたい」

うっとりした顔で良美は呟く。

想像していたものとは違っていた私の話に最初は拍子抜けしていたが、工藤君との出会い方にときめいているようだった。

「考えてみればそうよね。優しいし、野球部の有望株だし。これで顔も良かったら、完璧よね」

興ざめして寝転んでいた姉も起き上がって呟く。

そして、示し合わせたかのように、姉と良美は顔を見合わせ、再び不敵な笑みを浮かべて私に迫ってきた。

「ねえ、その工藤君ってどんな顔しているの？」

「明日香、芸能人で例えると、彼は何系？」

良美は期待に満ちた目で私を見つめ、姉は「早く言いなさいよ」と言わんばかりに圧をかけてくる。

「どんな顔って言っても……」

私は困った。

工藤君は穏やかで優しい雰囲気はあるが、特に美男子というわけではない。芸能人に例えろと言われても、近い顔の人は思い浮かばなかった。どう形容していいのかも分からない。

「別にどこにでもいる普通の顔だよ」と言い逃れてもいいのだが、はぐらかされたと思って、二人がしつこく追及してくる気がする。

私はかなり悩んで、彼の顔を説明し始めた。

「ザ・サムライっていうお笑いトリオいるじゃない？」

私がそう切り出すと、「うんうん」と姉と良美は同時に頷いた。

そのお笑いトリオには、童顔で可愛らしい感じの芸人と、イケメンというほどではないが、俳優としても活躍していて、クールな役もこなせる芸人がいる。姉と良美は三人のうちのどちらかを想像しているようだった。

「その中の小倉っていう人を、もうちょっと醤油顔にした感じの顔……かな」

私がそう説明し終えると、二人はしばらくポカンとしていた。

その小倉という芸人は、色黒で特徴のある顔立ちをしていて、バラエティーなどでも散々ネタにされていた。お世辞にも美形とはいえない。

日々部活動に勤しんでいるせいか、工藤君はかなり日焼けしている。形容するとしたらこんな感じかなと私は思っていたのだが、姉と良美はしばらく呆けた後、急にお腹を押さえて笑い出した。

「いや、あの顔はどうやっても醤油顔にならないじゃん」

笑いすぎて過呼吸になる寸前の姉が必死に声を絞り出す。

「せっかく、素敵な王子様を想像していたのに台無しだよ」

良美も笑いをこらえきれず、途切れ途切れに言う。

笑い転げる二人を見て、そんなに可笑しい表現だったかなと私は首を傾げる。

別に工藤君の顔だけを見て好きになったわけでもないし、工藤君には悪いが、実際美男子と呼べるほどの容姿ではない。その小倉という芸人の顔も愛嬌があると私は思っている。ゲラゲラ笑う姉と良美に対して、工藤君をバカにされたと腹を立てることはなく、何がそんなに可笑しいのだろうと呆れていた。

ただ、自分の知らない所で勝手に美形だと妄想されて、挙句の果てには自分の顔について笑われていると思うと、工藤君に対して罪悪感が残った。自分の表現力のなさやチョイスの悪さを恨めしく思う。

しばらくすると、ずっと笑い続けている二人の声がうるさかったのか、伯母が部屋に入ってきて、私たちを叱りつけた。

「あんたら、何時だと思うとんの！　近所迷惑じゃあね！」

「早よう寝んさい！」と私たちは怒られながら、伯母からジュースもお菓子も没収されてしまった。私を冷やかす女子会はこうしてお開きとなったのだが、余程可笑しかったのか、布団に入ってからも姉と良美は思い出し笑いをしていた。

ごめんね。工藤君。

眠りにつく前に、私は心の中で彼に謝った。

そんな騒がしい二年ぶりの帰省も墓参りをして終わり、私たちは自分たちの街へ帰ってきていた。

「また今度来る時、工藤君との関係がどこまで進んだか教えてね」

祖父母たちの家を出る時に良美からそう耳打ちされた。帰省するたびに工藤君とのことを根掘り葉掘り聞かれるのかと思うと少し憂鬱な気分になった。

盆が終わって、特に何もなく急ぎ足で夏休みは終わり、新学期が始まった。初日は始業式とHRだけのため、午前中で終わり、あとは部活動の時間になる。

私が教室を出ると、牧谷君が通りかかったので、私は呼びかける。

「牧谷君」

「よぉ、杉山」

牧谷君は明るく返事をしてくれた。

「夏休みどうだった?」

私がそう聞くと、先ほどの明るい返事はどこに行ったのか、牧谷君はたちまち暗い表情になった。

「嫌なこと聞くなよ。野球部の練習ずくめ、練習試合ずくめ。野球と宿題だけで俺の夏休みは灰色だったよ。特に練習試合とか公式戦は、荷物持ちとか雑用ばっかりでさ。

思い出すだけでも嫌になるね」

「試合に出られないのは確かに嫌だね」

「だろ？　マネージャーの一人でも入ってくれれば楽なんだけどよ。あーあ。何が悲しくて荷物持ちなんぞせにゃならんのか。いっそのこと、野球やめて青春を謳歌しようかな」

「そんなに嫌ならやめれば？」とは流石に言えないが、愚痴ばっかり聞かされるのも嫌なので、私は一番気になる話題を振った。

「そういえば、工藤君は元気？」

「元気も元気。あいつはもう、ウチの主力だよ。練習試合で先発でも中継ぎでも投げさせてもらっているし、投手として出番がなくても外野手でスタメン出場しているし、羨ましいくらいだよ」

「へぇ。凄いね、工藤君。もうレギュラーなんだ」

この前の大会で背番号を貰うぐらいなのだから、投手として期待されているのは当然だと思ったが、打撃の方でも期待されているらしい。これで何度目になるのか忘れるくらい、私は工藤君に対する認識を改めた。

だが、牧谷君はどこか腑に落ちないといった顔をする。

「でも、なんか不思議なんだよな」

「何が？」

「サウスポーでバッティングもいい選手なんか中々いないぜ？　何でウチみたいな弱小野球部を選んだのか分かんねぇんだよ。甲子園目指すなら、強豪校に入るだろ？」

言われてみれば確かに。そもそも左利きの人間は数少ないし、それだけ野球センスがあるのなら、私立の強豪校でも通用しそうなものだ。何故、公立校を選んだのだろうか。

「工藤君と仲が良いのなら、聞いてみれば？」

私も気になってきたので、牧谷君にそう提案してみたが、彼はまた例のいじけた顔をする。

「あのなぁ。レギュラーも取れなくて、雑用ばかりでこき使われている俺がそんなこと聞けるか？　嫌味にしか聞こえないだろ？」

「それもそうね」

ケロッとした顔で私はあっさり肯定する。

私が同じ立場でもそんなこと聞けない気がする。そんなに野球が上手いのなら、私立の強豪校に入れよと、遠回しに言っているようなものだ。

そう思ったから即答したのだが、牧谷君にはそれこそ、私の言葉が嫌味にしか聞こえなかったらしい。

「なんかお前、夏休み終わって、嫌な性格になったな……」

「そうかな？　何も変わってないと思うけど？」

わざとすました顔をして、明後日の方を見る。

私に何を言ってもこたえないと思ったのか、牧谷君は大きなため息を一つつくと、部室棟に着くまで何も喋らなかった。


牧谷君とそんなやり取りをした新学期初日。部活動の練習終わり。

今日の鍵の当番は私だったので、他のみんなを先に帰らせ、私は部室の中を軽く掃除をしていた。

特に掃除当番などは決まっておらず、気づいた人間が掃除をするという形になっているので、何もしないで放ったらかしにしていると、女子の部室とは思えないような惨状になってしまう。ほとんど部外の人間には見られないとはいえ、流石にうら若き乙女として、その横着ぶりはどうなのだろうと私は常々思っていた。

ただ、掃除といっても簡単なものだ。部室の机の上を整理し、掃ける範囲を箒で掃いて、ゴミ袋を替えるだけだ。年に一回は大掃除をするらしいので、細かいところまではしない。あくまで最低限の体裁を整える程度だ。

掃除と整頓を終わらせると、部室に鍵をかけ、ゴミ出しをした後に職員室に立ち寄り、部室の鍵を返した。さて、帰ろうかと思って、ふとグラウンドに目を移すと、まだ人がいた。大きな体をしていたので、すぐに誰なのか分かった。

工藤君だ。

私はグラウンドに引き返して、彼のもとに向かった。

工藤君は、私の携帯電話を拾ってくれた時と同じく、制服姿でシャドーピッチングをしていた。

彼のすぐそばまで来て、私は声をかける。

「熱心だね、工藤君」

彼は少し驚いたような表情で私の方を向く。

「あれ？　杉山さん。どうしたの？　テニス部はもうみんな帰ったかと思ったのに」

「うん。ちょっと部室の掃除をしていてね。誰もやらないから、放っとけなくて」

「部室かぁ。野球部はえらいことになってるよ」

工藤君は苦笑しながら、シャドーピッチングを続ける。

女子の部室でも数か月放置すると、見るも無残な部屋に様変わりするのだ。男子の部室だと、もっと酷いことになっていそうだ。

私もつられて苦笑しながら、話を変える。

「牧谷君から聞いたよ。もうレギュラーなんだって？」

そう私が尋ねると、彼はかぶりを振った。

「まだ確定じゃないよ。優先的に起用させてもらっているけど、いつ調子を落とすか分からないし、これからだよ」

謙遜しながらも、真っすぐな目で工藤君は答える。

レギュラーとして認めてもらうために、みんなが帰った後もシャドーピッチングを日課として続けていたのだろう。陰で努力している工藤君の姿が、私には眩しく見えた。

その後も、何度かタオルを投げつける動作を繰り返していたが、最後に深呼吸をして投げつけると、工藤君はタオルをカバンにしまい始めた。

「もうやめるの？」

私が尋ねると、工藤君は頷く。

「うん。投球フォームを確認するためだから、数は関係ないよ。練習時間もとっくに終わってるし、これ以上いると怒られるから」

工藤君はカバンを肩にかけると、私の方を向いた。

「途中まで送ってくよ。牧谷と同じ中学なら、方向は一緒だろ?」

自己紹介をした時のように、シャドーピッチングが終わったら、工藤君は勝手に帰っていくと思っていたので、まさか一緒に帰ってくれるとは思わなかった。もちろん、一緒に帰ってくれることを期待していなかったと言えば嘘になるけど。

「う、うん」と、どもりながら返事をして、私たちは校門に向かって歩き始める。初めて工藤君と一緒に帰るので、嬉しくもあるけど、どこか気恥ずかしかった。

「いつもギリギリまで練習しているの?」

工藤君の横を歩きながら、私は何とか平静を保った声で尋ねる。

「うん。今まではシャドーピッチングだけをやっていたんだけど、三年生が引退してからは外野手として出ることも増えたから、家に帰ったらバットで素振りしているんだ」

「本当に熱心だね。なんか尊敬しちゃうな」

私はポツリと呟くように言う。ひた向きに努力する工藤君とは違って、私は家に帰った後、ラケットを持って素振りしたことなんか一度もない。

「私、テニス部に入ってるけど、そこまで努力したことなんかない。テニスはお姉ちゃんが部活でやっていたから、何となく中学から始めただけで、何かに打ち込んだり熱中したりしたことなんてないの。高校もお姉ちゃんが入っていたから、何となくここにしただけ。何だか野球を頑張っている工藤君を見ていたら、自分のことが恥ずかしくなってきちゃった」

弱々しく俯きながら自嘲的に語る。本当はこんなことを工藤君に喋りたくない。でも、野球に一生懸命な工藤君を見ていると、彼を尊敬する気持ちと自分を卑下する気持ちが同居する。惰性で何となく流されるまま、何も打ち込んだことのない私を彼はどう思うだろうか？　不安に苛まれる時もあった。

そんな私の不安を、工藤君は簡単に消し飛ばしてくれた。

「これから頑張ればいいよ」

私は俯いていた顔を上げて、彼の顔を見つめる。

「好きだからテニスを続けているんだろ？　だったら、これから頑張ればいいよ。まだ先は長いんだ。俺のようにがむしゃらに努力するのがすべてじゃないよ」

言い訳のように聞こえる私の話を、決して責めることなく、それどころか諭すように励ましてくれた。工藤君の優しくて穏やかな人柄が表れている言葉が、じんわりと心に沁みていく。

「それに、尊敬してくれるのはありがたいけど、俺は杉山さんが思っているような人間じゃないと思うよ」

自嘲気味に苦笑いする工藤君に、「どういうこと？」と尋ねた。

「野球部のみんなから、何で私立の強豪校に行かなかったんだって時々聞かれるんだけど、強豪校でレギュラーを取れる自信がなかったから、この高校に入ったんだ。野球部のみんなには、私立だとお金がかかるからって誤魔化しているけど、他の人と競いながら、野球が嫌になるくらい努力することはできないって思ったんだ。こんな図体しているのに、俺は臆病なんだよ」

そう訥々と語る工藤君は自信のない顔をしていた。野球部のみんなにも、きっと他の誰にも見せていない彼の「弱さ」なのだろう。もしかしたら、私にしか打ち明けていないのかもしれない。今度は私が工藤君を励ます番だと思った。

「そんなことない。工藤君は臆病なんかじゃない。臆病な人は才能にあぐらをかいて努力しないで逃げ出すもん。工藤君は誰かが見ていないところでも精一杯頑張ってる。誰かが見ていなくても、私は努力していることを知ってる。だから……」

その先の言葉は見つからなかった。

大丈夫だよ。

自分を追い詰めないで。

私だけは味方だよ。

色んな言葉が頭を巡ったけど、どれもピンと来なかった。工藤君と顔を見知った程度の仲の自分が彼を勇気づけるには、まだ力不足だと思ったからだ。軽々しく聞こえるようなことを簡単には言いたくない。

最後にかける言葉が見つからなくて、「えーと、えーと」と必死に考えている私の顔を見ながら、工藤君は柔らかく微笑んだ。

「ありがとう。杉山さん。なんか俺、初めてこの高校に入って正解だったなって思えてきたよ」

さっきまで自嘲気味に苦笑いしていた工藤君は、もういない。代わりに、晴れ晴れとした顔を見せていた。

こんな私でも、工藤君を勇気づけることができたのだろうか？

もしそうだとしたら、とても嬉しかった。

私が照れ臭そうに「うん」とだけ返事をすると、交差点に差し掛かった。工藤君はいつものように左手を挙げる。

「それじゃあ、俺、こっちだから。またね」

そう言って、横断歩道を渡ろうとした工藤君を、私は「あ、待って」と呼び止める。

彼にかける言葉が最後まで出てこなかったこともあって、我儘かもしれないが、工藤君との仲を「顔見知り」から「友達」へと、どうしてもランクアップさせたかった。

「工藤君、携帯電話持ってる？」

「持ってるけど……」

そう答える工藤君に、私はカバンから適当にノートとシャーペンを出して、彼に差し出した。

「良かったら、メールアドレスの交換しない？　ここに書いてくれたら、私の方からメールを打つから」

もし断られたらという不安と、かなり大胆なことをしているんじゃないかという恥ずかしさで、心臓の音が聞こえるくらい、私は緊張していた。

工藤君は表情を曇らせる。

「それはいいけど……。でも、買ったときのままのアドレスにしているから、打ちにくいと思うけど、それでもいい？」

「それくらい大丈夫だよ」

私は快く返事をする。

工藤君はカバンから携帯電話を取り出して、自分の携帯電話と私の差し出したノートを交互に見ながら、メールアドレスを書いてくれた。

ペンを持つときは右手なんだと、この時初めて気がついた。

最後に誤字脱字がないかを確認して、工藤君はノートを返してくれた。

「じゃあ、今夜にも送るね」

まだ心臓の脈打つ音が聞こえるまま、私は工藤君の顔を見上げながら言った。

「携帯電話を中々見ないから、返信遅くなってもいいかな？」

決まり悪そうに一言断る工藤君に、「いつまでも待っているから」と私は笑顔で返事をした。

「じゃあ、待たせるわけにはいかないね」

工藤君もつられて笑う。

「それじゃあ」と今度こそ横断歩道を渡って、工藤君は帰っていった。

一方の私は、工藤君と別れるのが名残惜しいのもあって、交差点に一人立ち尽くしていた。彼の姿が見えなくなるまで、その大きい背中をずっと眺めていた。

家に帰って、さっそく工藤君にメッセージを送ろうとした。

その場では大丈夫だと快諾したものの、アルファベットと数字がランダムに配置されていて、確かに打ちにくかった。買ってからそのままメールアドレスを変更していないという彼の言葉は本当らしい。

どうにかメールアドレスを打ち、件名のところに『杉山明日香です』と、自分の名前を書いて、本文を入力した。

『楽しそうにボールを追いかけるんだね』

かなり突飛な内容かもしれないが、何かインパクトのある文を書きたかった。夏休みごろから、外野でノックを受けて走り回っている工藤君が印象に残っていたのかもしれない。

すぐに工藤君から返事は来なかったが、お風呂上がりに携帯電話を確認した時に返信が来ていた。工藤君も件名のところに『工藤和幸です』とフルネームを書いていたので、この時に初めて彼の下の名前の「和幸」の字を知ることができた。さっそくメールを開けると、一言だけこう書かれていた。

『お互い様だよ』

その文を見て、思わず吹き出してしまった。そっくり返されてしまった。

工藤君も私が練習している姿を見ているのかなと思うと、心が通じ合ったような嬉しさが込み上がってくる。

それと同時に、ひた向きに努力している工藤君の姿を思い返し、自分もソフトテニスを頑張ろうと、この時決心した。

「よし」と気合いを入れて、私はラケットを持つ。

その日から、寝る前に素振りを少しだけするのが、私の習慣になった。

工藤君と一緒に帰った翌日から、私の意識改革はさっそく行われた。以前は練習前に部室でダラダラと雑談していたが、誰よりも早くコートに行って、サーブ練習や素振りをするようになった。そして、練習が終わった後も、ペアを組む子と話をする機会を増やした。ペアを組んで試合をするのだから、元から仲は良くても、普段からコミュニケーションを取っておくべきだと思ったからだ。

「明日香、なんか変わったよね」

そのペアを組む同じ一年生の相川理沙《あいかわりさ》が、私の顔を見ながらそう呟く。

九月の下旬に行われる新人戦の予選を見据えて、練習終わりの帰り道にファーストフード店に寄っていかないかと私の方から誘った。雑談を交えながら、テニスの戦術や動き方などの確認をして、お互いの認識のすり合わせをしていた。

「うん。もうちょっとテニスを頑張ってみようと思って」

懸命に野球と向き合っている工藤君と少しでも対等でいたくて、私自身もテニスを頑張ってみたくなった。こんな理由でもない限り、努力をしようともしない自分が不純な気もしたが、今まで流されるままだった自分が変わろうとしていることに充実感を覚えていることも確かだった。

「いや、テニスのこともそうだけど、今までと違って、なんかキラキラしてない？」

思いがけない理沙の発言に、私は言葉を詰まらせる。

牧谷君と同じく、彼女も小中高まで一緒の腐れ縁の一人だ。私も理沙も中学からソフトテニスを始めているが、その時は理沙とペアを組んでいない。お互いポジションは後衛だったのだが、経験者同士で仲も良く、思い切りのいいプレーもできる理沙が前衛に回ることでペアを組まされた。

元々、理沙は部活には入らず、自由に高校生活を送りたかったみたいだが、まだ高校に入学したてで、見知った人間がいなくて不安だった私が勧誘して、ソフトテニス部に入部した。勧誘した時は「しょうがないな」とぶつくさ文句も言っていたが、何だかんだ言いつつも、ソフトテニスは好きらしい。

　ただし、部活は休まず来るが、付き合い程度にしか考えていないようだった。私も含め、部員全員が日焼け止めをいつも欠かさず塗っているが、理沙は誰よりも念入りに塗っている。練習前はカバンの中に隠していた女性誌を読みふけり、中学の時よりも校則が緩くなったせいか、高校入学してすぐに、目立たない程度に髪を茶色に染め、薄っすらと化粧をするようになった。女としての階段を着実に上っている。

　そんな理沙なのだから、私の変化に気づくのも当然だろう。

「あんた、気づいてないのか分かんないけど、恋する女の顔をしているよ。誰を好きになったのかはわからないけど」

　ペアを組んでいる以上、隠し立てはできないなとは思っていたけど、まさかこんなに早く気づかれるとは思わなかった。完全に個人的な理由なので、理沙が嫌がればそれまでだ。正直に話した方がいい。

　向かいの席でバニラシェイクを啜る理沙に、私は俯きながらぽつぽつと話し始める。

「えっと、一学期にお菓子を持ってきてくれた野球部の一年生いるでしょ？」

　理沙はバニラシェイクを置いて、思い出すように遠くを見た。

「ああ、あのでっかい男子？　怪しいとは思ってたけど、やっぱ好きになっちゃったの」

私はこくんと頷く。工藤君を好きになったことを自分から誰かに打ち明けるのは初めてなので、恥ずかしさで少し俯いていた。

「彼、工藤君っていうんだけど、工藤君、野球に熱心に取り組んでて、それに影響されたのもあるけど、私もこのままじゃいけないなと思い始めて、だから、最近になってテニスを頑張り始めたの……。個人的な理由だから、ペアを組む理沙ちゃんには迷惑かもしれないし、正直に話さないといけないないなとは思ってたんだけど……」

申し訳なさそうに視線を逸らしながら話す私の姿を見て、理沙は大げさにため息をついた。

「そりゃあ、巻き込まれる私は迷惑だよ。元々あんたが誘わなかったら、今頃、私はもっと自由に高校生活を満喫してたもん。それで、今度はあんたがテニスを頑張りたいから、私にも努力しろっていうんだから、エゴもいいところよ」

頬杖をつきながら、たらたらと文句を並べる理沙に私は何も言えなかった。彼女の言うことは一つも間違っていない。エゴだと言われても仕方がない。彼女の一言一句が具現化して、私に突き刺さるようだった。

「でも、嫌いじゃないよ、そういうの」

それまで棘のある言い方だった彼女の言葉がふいに丸くなった。

私は顔を上げる。

「分からなくもないよ、そういう気持ち。私も彼氏がいるから、何とか対等になりたくて頑張っちゃうんだよね」

遠くを眺めるように語る理沙に、心情を理解してくれたことよりも、彼氏がいるという発言に私は驚く。

「理沙ちゃん、彼氏いるの？」

「いるよ。あっちは大学生。高校生なんか、ガキっぽくて付き合えないよ」

彼女はケロッとした顔で認める。

「知らなかった……」

私はまだ茫然としていた。彼氏がいることを全くおくびにも出さない彼女のポーカーフェイスぶりが羨ましかった。

「ま、明日香が分かりやす過ぎるだけだと思うけど？」

理沙は、さも当然という顔をしながら、またバニラシェイクを啜る。

「その代わり、その工藤君とのことは逐一報告しなさいよ。あと、あんたが今やってる練習前の素振りとかはしないからね。そこまで一生懸命にはやらないから。まあ、雑談ついでにテニスのこと話すのは構わないけどね」

「ありがとう！　理沙ちゃん」

最悪の場合、ペアを解消されるかと思っていたので、理沙がある程度理解を示してくれたのは嬉しかった。私は身を乗り出して店内に響く大声で感謝する。

「声、大きいって」

周りの客の視線を気にしながら諌める理沙の言葉に気づいて、私は思わず赤面しながら椅子に座りなおした。


工藤君と一緒に帰るのは二回目のある日。

女子のソフトテニス部は、二年生、一年生ともに六人ずつの計十二人。大体二週間に一回の頻度で鍵の当番が回ってくる。今まではそろそろ汚くなってきたなと思い始めた頃に掃除をしていたが、工藤君と一緒に帰りたくて、鍵の当番が回ってきた今回も私はソフトテニス部のみんなを先に帰らせて部室の掃除をしていた。

理沙以外の部員からは悟られたくないので、当番の日以外は同じソフトテニス部の面々と帰っている。もちろん、理沙には箝口令を敷いて、工藤君のことは内密にしてもらっていた。

いつものようにシャドーピッチングを終えた工藤君の横を歩きながら、彼から秋季大会が週末に行われることを聞かされた。もちろん、工藤君は夏休みに行われた地区予選から背番号を貰っていて、9番を着けているらしい。夏に高校野球の中継を見ていたこともあって、レギュラーの番号だということはすぐに分かった。

「やったね。工藤君」

まるで自分のことのように喜ぶ私の顔を、工藤君は目を丸くして見ていたが、しばらくして彼も微笑んだ。

「ありがとう。でも、外野の先輩たちには恨まれてるだろうなぁ」

ハハハと乾いた笑い声を出しながら、工藤君は喜びと戸惑いが入り混じった複雑な顔を見せる。彼が投手と兼任で外野を守るということは、誰かが試合に出られず、あぶれるということだ。学年は問わず、やっかみみたいなものも起こるのだろう。そういうものが怖くて、私も団体戦のレギュラーを取ろうという志がないのだ。その気持ちは痛いほどよく分かる。

「大変だろうけど、工藤君が努力しているのは事実だもん。野球部のみんなもそのうち分かってくれるよ」

「そうだね。プレーで黙らすしかないね」

私の励ましで心を決めたらしく、工藤君の目はやる気に満ちていた。

初めて一緒に帰った時も、同じように彼は「弱さ」を見せていた。穏やかで優しい人柄であると同時に、繊細な部分も持っているのかもしれない。こうして工藤君が悩みを打ち明けて、私が彼を励まして、ほんの少しでも工藤君の助けになれているのであれば嬉しかった。

メールアドレスを交換したので、私は日曜日に必ず工藤君から大会の結果をメールで聞くようにした。

工藤君によると、野球部は一回戦、二回戦を順調に突破したとのことだった。そして偶然にも、ソフトテニス部の新人戦と同じ日に野球部の三回戦も行われた。

その新人戦が行われた日。

帰宅した後、さっそく私は、『お疲れ様です。試合はどうだった?』と工藤君にメールをした。しばらくして、工藤君から返事が来て、結局、三回戦で敗退したとのことだった。スコアは4対5と接戦だったらしい。

『惜しかったね』と私は返信した。

『来年の春季大会に向けて、また頑張るよ』と彼は返してくれた。

工藤君がどれだけ活躍したか気になっていたが、レギュラーである工藤君から大会のことを詳しく聞けなかった。彼が打ち込まれたり、打てなかったりして負けた場合を考えると、どうしても躊躇ってしまう。なので、月曜日にわざと牧谷君を捕まえて、話を聞くことにした。

「野球部、三回戦まで行ったんだね」

「ああ。県でも有数の強豪校に当たっちまってよ。惜しかったんだけどな。まあ、ベスト16ならいい方だと思うぜ」

「工藤君、どうだったの？」

おずおずと、私は本題を切り出す。

「あいつスゲーよ。一回戦から二年の先輩が先発して、工藤が中継ぎっていう分業でマウンドを回してたんだけど、全部で9イニング投げて、失点は2。打つ方でも打率4割台。ホームランも一本打ちやがった。まあ、三回戦で一点取られて、それが決勝点で負け投手になっちまったけどな」

どこか興奮気味に牧谷君は話していた。工藤君のことを聞くと、いつもいじけた顔をするのに今回は全然違う。

私は少し呆気に取られていた。

「工藤君、確かに凄いけど、牧谷君、何かいつもと違うね」

「何がだよ」

「工藤君のことを話す時は、いつもいじけた顔をするのに、今日は興奮気味に話すから」

私がそう指摘すると、牧谷君は吹き出していた。

「確かにな。これで工藤が努力もしないで、そんな成績を残したら、小憎たらしくていじけていたかもしれないけど、でも、あいつ頑張ってるからな。みんなと一緒に帰らないで、いつも最後まで残ってるの知ってるからさ。今年は無理だろうけど、先輩たちが引退したら、俺もレギュラー目指そうと思うんだ。工藤が目いっぱい努力してレギュラーなら、俺も努力しないとなって思い始めたんだ」

牧谷君は真っすぐな目でそう言い切った。

ああ、工藤君に感化されたのは私だけじゃないんだな。

工藤君はやっかみを心配していたけど、杞憂になるんじゃないかな。

この時はそう思っていた。

新人戦の予選が終わった数日後のこと。

「凄いじゃん、明日香。この前の大会、ベスト16だったんでしょ？」

大会がひとまず終わり、中間考査を控えているので、自室の机に座って参考書と睨めっこしている私に、姉は勝手に部屋に入ってきて話しかけてきた。

「偶々《たまたま》だよ」

顔は参考書を向いたまま、素っ気なく返す。

本当は偶々ではない。日頃の練習の成果と、少しの期間だったが、ペアを組んでいる理沙とコミュニケーションを取り続けた結果だったのは間違いなかった。

ただ、くじ運が良かったのも事実で、一、二回戦の相手は、悪いが全く大したことなかった。三回戦に対戦したペアとは、実力が互角だったので接戦の末に勝利したが、その次に対戦したペアには完膚なきまでに叩きのめされた。そのペアはベスト4まで進み、格上との差を見せつけられた気分だった。団体戦は全員二年生で挑んだので、私たち一年生の出番はなく、二回戦で敗退した。私はベスト16に入った喜びよりも、悔しさばかりを感じていた。

「可愛くないぞ。初めて県大会に行くんだから、もっと喜んだらどうなの？」

うりうりと小突いてくる姉の肘を、私は鬱陶しそうに払いのける。

「だって、悔しさしか残らなかったんだもん。上には上がいるっていう現実を突きつけられたみたいで、喜んでなんかいられないよ」

埋まりそうにない実力差だったために尚更だった。いつもの私だったら喜んでいたかもしれないが、意識改革して練習に励んでこの成績だ。満足などしていられない。

「いきなりどうしたのよ。前まではそこまでテニスに打ち込まなかったくせに」

姉が怪訝そうな顔を見せながら、私の顔を覗き込む。

私は参考書を閉じて、姉の方を向いた。

「工藤君が野球を頑張ってるから、私もテニスを頑張ろうと思っただけ」

不純な理由ではあるが、本当のことなので正直に言った。

また妙な勘違いをされても困る。

しかし、理由を聞いても、まだ姉は腑に落ちない顔をしていた。

「それだけじゃないでしょ。何か他にも理由があるんじゃないの?」

「別に深い理由はないよ。お互い励まし合っているうちに、私もテニスを頑張らないといけないなと思ったの。努力していない人間が一生懸命何かに打ち込んでいる人を励ましても説得力がないでしょ?」

「励まし合っていうことは、あんた達、仲が進展したの?」

姉がいつものニヤニヤした顔を見せる。また冷やかそうという魂胆だ。

「たまに一緒に帰って、携帯のメアドを交換しただけだよ。顔見知りから友達になっただけ」

あまり感情的にならないように、心を静めながら言葉を選ぶ。そうしなければ、姉の思うつぼだ。

「付き合ってないの？」

「流石に、まだそこまでいかないよ」

私の返答を聞いて、姉は呆れた顔をする。

「あんたも奥手ね。たとえ小倉に似ている顔だとしても、野球部のホープなんだから、早くしないと工藤君を誰かに取られちゃうわよ」

「工藤君、野球に一生懸命なんだもん。意外と繊細な部分もあるし、野球に集中させてあげたいし」

「それじゃあ、いつ告白するのよ？」

そう聞かれて、私は言葉に詰まった。

いつ思いを告げるのか？

考えたこともなかった。

でも、私と付き合うことで、野球に集中している工藤君の重荷になるのは御免だ。だとすると、答えは一つだった。

「卒業までには告白するよ」

苦し紛れだが、それしか答えはなかった。

「ふーん」

姉はまだ何か言いたそうな顔をしていたが、踵を返して、私の部屋から出ていこうとする。

「ま、好きなら、早いこと言った方がいいわよ。後悔しても知らないから」

捨て台詞のようにそんな言葉を残して、姉は自室に戻っていった。

「分かってるよ」

余計なお世話だと思いながら、ブスっとした顔をして、私は再び参考書に目を移す。

でも、勉強に集中できなかった。

工藤君のことを異性として好きというよりも、今は尊敬の気持ちの方が強い。それはテニスに打ち込むようになったから、同じアスリートとしてお互いを高め合いたいという思いがあったからだ。

でも、工藤君は私のことをどう思っているんだろう?

だんだんモヤモヤした気持ちになってきて、その日は勉強を諦めて寝ることにした。だけど、ベッドに入っても、モヤモヤした気持ちが晴れるわけもないので、その日は中々寝付けなかった。ずっと、答えの出ない自問自答をし続けていた。

その後、十月の下旬に新人戦の県大会が行われたが、私と理沙のペアは二回戦で敗退した。

工藤君と初めて一緒に帰ってから、私は部室の掃除をする頻度が増えた。

というより、鍵の当番が回ってきたら、必ず掃除をした。そうでもしない限り、彼と一緒に帰る機会がないからだ。

一緒に帰るときは他愛のない雑談をしていた。好きな教科、好きな音楽、今日の出来事などなど。ただ、工藤君は野球以外のことは、あまり興味がないようで、流行りの曲は知らないらしい。今度ＣＤでも貸してあげようかと思った。

そんな風に工藤君と仲を深めていった二学期もあっという間に終わりに差し掛かり、十二月を迎えていた。期末考査も終わって、あとは終業式だけなので、割とのんびりした時間を過ごしている。

私はまた理沙を誘って、ファーストフード店にいた。

理沙との雑談を交えたテニスの話し合いも、週に一回はほとんど行う恒例行事になっている。彼女の予定もあるので、行えない時もあるのだが、誘っても断られることはない。

テニスについては、大会が当分ないこともあって、五分もしないうちに終わってしまった。残りは雑談で時間をつぶす。

「理沙ちゃん、期末テストどうだった?」

向かいに座る彼女にそう話しかける。

「別に。普通よ」

理沙はホットココアを一口飲んだ後、素っ気ない返事をする。理沙はテストの結果を「普通」と答えたが、ギャルに片足を突っ込んでいる見た目とは裏腹に、彼女は意外と優秀だった。前に見せてもらった成績表は全教科オール八十点超え。しかも、ノートを取る程度しか勉強していないというのだから、取り替えて欲しいと思うくらいの頭の出来だ。

「そっちはどうだったのよ」

「まあ、ボチボチかな」

一学期に比べると、多少成績が上がった程度だった。文系の教科の成績は上の方だが、理系の教科は一学期も二学期も壊滅的な点数を叩き出してしまった。幸い、赤点だけは回避しているものの、文系か理系かの進路調査の用紙には迷わず文系に丸をし、大学に進むとしたら文系の学科だろうなと漠然と考える今日この頃だ。

「で？　工藤君とは最近どうなの？」

頬杖をついて、理沙が尋ねてくる。

工藤君との仲がどれだけ進んだか、最初のミーティングから欠かさず経過報告を求めてくる。工藤君と一緒に帰るのは二週間に一回の頻度なので、何もない時もあるのだけど。

「特に何もないよ。この前も雑談して終わったし。あ、でも、年賀状のやり取りの約束はしたよ」

「年賀状？　あんたたち、携帯のメアド、交換してなかった？」

理沙は眉をひそめる。

「してるけど、メールより手書きの方が、気持ちが伝わるじゃない」

「そんなもんかねぇ……。っていうか、クリスマス近いんだから、プレゼントでもしたら？　年賀状のやり取りなんて、小学生じゃあるまいし」

「気を遣わせちゃうから出来ないよ。まだ友達っていう仲だし、工藤君、野球に集中したいだろうから。だから、年賀状だけやり取りしたいなと思ったの」

朗らかな笑顔を見せて喋る私に、理沙は呆れ気味にため息をつく。

自分でも年賀状のやり取りなんて色気がないとは思うが、野球にしか興味のない工藤君が、女子に贈るプレゼントで頭を悩ませるのは可哀そうな気がした。流石に年末年始の間は野球を休業するだろうと思って、年賀状くらいはいいだろうと高を括っていた。

「理沙ちゃんは、彼氏さんとどこか行かないの？」

お返しに、理沙の恋愛事情を聞き出す。多分、今の私の顔は、姉が冷やかす時のニヤニヤした顔をしているに違いない。理沙の彼氏は三つ年上の医学部に通う大学生らしい。

「別に何も予定はないわよ。向こうは忙しいし」

「プレゼントとかしないの？」

「しない」

即答する理沙に対して、私は頬を膨らませる。

「つまんないなー。色々聞き出せると思ったのに」

「明日香が思うようなイチャイチャした付き合い方をしていないのよ、私たち。私の方から強引に付き合ってくれって頼んだからね。きっと子供扱いされて、相手にされてないんだ」

平然としていたが、理沙の目はどこか物憂げだった。

そんな彼女の姿を見ていると、私はこれ以上、理沙の彼氏のことを詮索できなかった。聞くたびに理沙の心を抉り、傷つけてしまうのは目に見えていた。愛の形はそれぞれとは言うけど、男女の付き合いも人それぞれなのかなぁと、理沙の姿を見て漠然と考えてしまった。

しばらく何も言えなくて黙っていたが、私はあることを思い出して口を開く。

「理沙ちゃん」

「何？」

「年賀状、今年も送った方がいい？」

「メールでいい」

理沙の返事はいつもと変わらず、素っ気なかった。

「明日香がマメなおかげで、今年はまだ楽だね」

年末の大掃除が終わった後に、ソフトテニス部の先輩が私に感謝していた。もっとも、工藤君と一緒に帰るために掃除をしているので、感謝されるいわれはないはずなのだが。

ついこの前、冬休みに入ったと思ったら、年末まであっという間だった。三十日は、すべての部が練習を休みにして、一斉に運動部の部室棟の大掃除が行われる。その中でも、私たち女子ソフトテニス部の部室は一番乗りで終わった。早さを競っているわけではないので、一番乗りだからといって何か賞品を貰えるわけではないのだが、その分早く帰れる。

そんな私たちとは対照的に、野球部は普段掃除しないツケが回ったのか、まだ時間がかかるみたいだった。工藤君や牧谷君に「よいお年を」と口頭で言いたかったが、忙しそうなので断念した。

午前中に家に帰って、午後からは、あらかじめ印刷しておいた年賀はがきに、送る相手の名前と住所を書く作業に取り掛かった。高校が別になった友達も含めて大体二十人ほど。一言も添えると、かなりの手間だったが、その分、相手が受け取った時の反応を考えると楽しかった。

工藤君に送る分は最後にした。初めて送るので、住所を間違えそうで怖かったし、時間がかかると思って後回しにしていた。住所に誤字脱字がないかを確認した後、私は年賀はがきを裏返して一言を書く。

『去年は色々とお世話になりました。今年もよろしくね』

長文を書いても仕方がないと思ったので、内容は簡素にした。全部書き終わった頃には夕方になっていたので、元旦に間に合わせるために、私は急いで近所のポストへ投函した。

翌日の大晦日は部屋の掃除をして慌ただしく終わり、新年を迎えた。工藤君からの年賀状は元旦には間に合わなかったらしく、来たのは三日だった。ただ、他の人が自筆のイラストやパソコンのソフトで作ったものであるのに対し、工藤君から届いた年賀状は、実家の和菓子屋を贔屓にしてくれている顧客に対して送る宣伝用のものだった。その年賀状には『今年もよろしく』とだけ書かれていた。

商魂たくましいのか、面倒くさかったのか。いずれにせよ、工藤君の年賀状を見て、思わず笑ってしまった。

三学期というのは忙しない。わずか三か月もしない間に、三年生の先輩方の卒業式だったりテストだったりが行われる。そして、その忙しない時期にバレンタインデーが挟まっている。

基本は女子ソフトテニス部内の友チョコなのだが、男子ソフトテニス部にも義理チョコとして、みんなが買ってきたチョコを集めて、ひとまとめに持っていくらしい。ただし、この慣例もそろそろ見直そうかという議論も噴出しており、ホワイトデーにお返しをしてくれる男子はいるものの、安いチョコで済ませてくる者や、中には返すこともしない不届き者もいるので、義理だとしても贈る意義を感じないのである。

そんな「お中元」や「お歳暮」に近いバレンタインデーだが、私はチョコを手作りするなんてことはなく、姉に頼んでデパートで買ってきてもらった。

「工藤君に手作りをあげなくてもいいの？」と詮索するような顔で姉は聞いてきたが、クリスマスと同じで、また工藤君に妙な気を遣わせたくない。手作りは、また来年のこの時期が来たら考えようと先延ばしすることにした。

そして、バレンタインデー当日。私は部活に行く前から、友チョコなどとは別に、二つのチョコを用意していた。一つはこの時期になると、うるさく物乞いしてくる男子に渡すためだ。

「すーぎーやーま。今年もちょうだい」

部活に行こうと教室を出た私を待ち伏せて、猫なで声で両手を差し出してきたのは牧谷君だった。

そんな彼にぽとっと小さな包みを渡す。

「はい。今年の分」

ジトっと湿った目で、私は牧谷君を見る。

他の男子と競っているのか知らないが、色んな女の子にチョコをせびるくせに、貰うだけ貰って、彼はお返しをしてこない。そして、貰えないと新学期が始まるまでいじけてくる。与える義理はないが、あげないとうるさいし、去年は工藤君のことを色々聞くことができた。前金として、中身はチョコだが、「アメ」を与えておいた方が色々と都合がいい。

私からチョコを貰うと「サンキュー」と明るく言い残し、牧谷君は上機嫌でその場を去っていった。私は呆れた顔でため息をつく。とりあえず、二つのうち一つは渡したが、問題はもう一つの方だ。義理の風を装った本命とも言えるチョコをいつ渡そうか、ここ数日ずっと悩んでいた。

練習前、私と理沙の二人で男子ソフトテニス部に義理チョコを渡しに行った。訪問する前に、先輩の一人が理沙に耳打ちをしており、何を言っていたのか気になったが、「お返しがないのなら、今年でチョコを贈るのはやめるそうですよ」と、理沙が無表情で抑揚のない言い方で呟き、男子ソフトテニス部の面々を凍り付かせていた。

なぜ、私と理沙が男子ソフトテニス部へチョコを持っていく係に選ばれたのか不思議だったが、先輩たちの狙いが分かった。誰が相手でも、とりあえず愛想良く振る舞う私が、女子ソフトテニス部の「建前」であり、基本的に無愛想でクールな理沙が例の言葉、つまり、態度も含めた「本音」を言うことによって、落差を激しくして〝脅し〟を本物にしようという狙いがあったらしい。

流石に義理とはいえ、チョコを貰えなくなるのは悲しいのだろう。去年がどうだったのか知らないが、今年は全員からお返しが来るのかな、などと義理チョコを渡した後に呑気なことを考えてしまった。

そして、私は悩んだ挙句、工藤君にチョコを渡すのは次の鍵の当番が来た日にしようと決心した。

実を言うと、三学期に入ってから工藤君と一緒に帰っていない。部室の大掃除をしたばかりなので、すぐに掃除をすると不審に思われるからだ。

ただ、そろそろ部室も汚くなってきたので、バレンタインデーを機に解禁しようと思っていた。次に鍵の当番が来るのは一週間後。時期から少しはずれるが、仕方がない。

そして、その一週間後。鍵の当番の日。私は予定通り、先にみんなを帰らせ、いつもと同じように、軽い掃き掃除とゴミ出しをした。そして、部室の鍵を返しに行き、再びグラウンドに戻る。だが、人影は見当たらなかった。帰ってしまったのかなと思って、辺りを見渡してみたが、やはり工藤君の姿はない。

今日渡せないとなると、持ってきたチョコをどうしようかと寒空の中で悩んでいると、携帯電話にメールが入っていることに気がついた。さっそく開けてみると、工藤君からだった。

『今日は一緒に帰れる?』

一言、こう書かれていた。工藤君の方からメールが来ることは今までなかったので、少し面食らったが、私もすぐに返事した。

『うん。さっき鍵を返しに行ったところ。どこにいるの?』

グラウンドにいないのなら校門だろうかと思って、校門の方に歩を進めながらメールを返す。すると、すぐさま返事が来た。

『さて、どこでしょう?』

いつもと違って、今日はえらく意地が悪い上に挑発的だなと思いながら校門をくぐると、すぐそこに長身の男子が立っていた。呼びかけることはせず、私はその男子の前に立つ。

「工藤君、見ーつけた」

わざとおどけた感じで言ってみた。

工藤君は、頭をかく。

「何だ。もう見つかったのか」

「練習はいいの？」

「寒いからね。怪我が怖いから適当に切り上げちゃった」

肩をすくめる工藤君に対して、私は頬を膨らませる。

「ひどいよ、工藤君。校門に行かなかったら、ずっとグラウンドを探してたかもしれないんだよ？」

「ごめん、ごめん。最近、一緒に帰ってくれないから、少しからかおうと思って。ゴミ出しするところは見たから、今日は一緒に帰ってくれるのかなと思ってメールしたんだ」

工藤君はいたずらっぽく笑う。

やっぱりグラウンドにいなかったのも、あのメールもわざとだったらしい。三学期に入ってから理由も話さずに一緒に帰らなかったので、それに関しては悪いことをしたなという気持ちはあった。しかし、何となく腹の虫が治まらない。向こうがその気なら、今度はこっちがやり返す番だ。

「そんなことする人には、あげるものもあげないよ」

すました顔で言う私に、工藤君は目をパチクリさせる。

「俺、何か欲しいって言ったっけ？」

見当がつかないらしく、首をひねる工藤君。

一週間遅れなので仕方がないのかもしれない。私はカバンからチョコレートの入った包みを取り出し、彼の前に差し出す。

「はい、一週間遅れになっちゃったけど、バレンタインデーのチョコレート」

なるべく顔には出さないようにとは思っていたが、いざ渡すとなるとドキドキして、内心汗をかいていた。少し照れが入っていたかもしれない。

「え？　え？　ありがとう。まさか貰えるとは思ってなかったから」

意表をつかれ、工藤君もかなり驚いているみたいだった。

「牧谷君に義理で渡したのに、工藤君にあげないわけにはいかないから」

照れ隠しに目線をはずしながら、私は義理だと強調する言い訳をした。

「ありがとう、杉山さん。今までバレンタインのチョコを貰ったこともあんまりないし、女友達も少ないから、すごく嬉しいよ」

工藤君も少し照れながら私に感謝していた。

ここまで感激されるとは思ってなかったので、私はだんだん顔が赤くなっていく。

お互い照れもあって、中々話ができずに分かれ道である交差点に来てしまった。

「それじゃあ、また。チョコ、本当にありがとう」

いつものように左手を挙げて、明るい笑顔で言ってくれる工藤君に対して、私は小さく「うん……」としか返事ができなかった。工藤君の後ろ姿を見送ることなく、私は足早にその場を後にする。

チョコを渡せたのは良かったが、心の中は嬉しさと恥ずかしさがないまぜになっていた。だんだん早足になって、気がついたら走って帰っていた。


そんな甘酸っぱいバレンタインデーが終わり、三年生の卒業式が行われた。残る行事は何もなく、慌ただしい三学期もそろそろ終わりが見えてきた。

まだ寒さの残る三月の初め。私は例によって、工藤君と一緒に帰るために部室を掃除していた。掃除を終えて、部室の鍵を職員室に返しに行ったときにグラウンドの方を見ると、今日は人影が見えた。しかし、何か動作をしているというわけではなく、何もせずにボーっと立っているだけのようだった。

近づいて確認してみると、やっぱり工藤君だったが、工藤君は私の姿を確認すると、何故かおたおたし始める。

「工藤君、今日は校門じゃないんだね」

あいさつ代わりにちょっと意地の悪さが見えるセリフから入ったが、工藤君の反応は芳しくなく、「あ、うん」と生返事しただけだった。

心なしか、今日は大きい彼の体が縮こまって見える。何があったんだろうと、私は不思議に思っていたが、工藤君は意を決したかのように、市販のホワイトチョコのお菓子を私に差し出してきた。

「杉山さん。これ、バレンタインデーのお返し……」

どう言おうか悩んだせいなのか、最後の方はもごもごと言っていて聞き取れなかった。しかし、大事な部分はちゃんと聞き取れた。

「え？　じゃあ、ホワイトデーの……？」

私は、渡されたお菓子と工藤君を交互に見ながら、顔が赤くなっていった。

工藤君は「うん」と一度返事して、照れもあったのか、決まり悪そうにしていた。

「次、いつ一緒に帰れるか分からないから、早いうちに渡そうと思って……。何がいいのか分からなくて、スーパーで適当に買ったものだから、お返しになってないかもしれないけど……」

「そんなことないよ。お返しが貰えるだけでも嬉しい」

自分の気持ちが通じたみたいで嬉しかった。私は工藤君から渡されたお菓子を、割れ物を扱うかのように大事に抱える。

ただ、どんなものであれ、お返しを貰えただけでも嬉しかったが、それ以上に嬉しいお返しをして欲しかったという思いはある。

「でも……」

「でも？」

「工藤君のところの和菓子の方がもっと嬉しかったかな」

ふいに出た言葉だったが、言った後で後悔した。

これでは我儘じゃないか。

「ごめん。何でもない。今のは忘れて」

慌てて取り消すが、工藤君は考え込むように黙っていた。

「気を悪くさせちゃったなら、本当にごめんなさい」

言わなきゃ良かったなぁと思いながら、私は頭を下げてもう一度謝る。

「いや、怒ってないから大丈夫。それより、ホワイトデーってホワイトチョコを贈るものじゃないの？」

工藤君の素朴な疑問に「へ？」と声を漏らして、私はしばらく呆気に取られていた。

　そして、真面目な顔をして聞いてくる工藤君が妙に可笑しくて、私は笑いを堪えるようにくつくつと笑う。

「工藤君。ホワイトデーって名前だから、ホワイトチョコを贈らなきゃいけないなんてルールないよ。飴でもクッキーでも、お返しだったら何でもいいんだよ」

　私が笑いをこらえている姿を不思議そうに工藤君は見ていたが、私の説明を聞いて照れ笑いをし始めた。

「あ、そうなんだ。俺、勘違いしてたよ。じゃあ、来年からは和菓子を贈るね」

「貰える前提なんだ？」

「今年だけ？」

「ううん。よっぽどのことがない限り、来年もあげるよ」

「じゃあ、来年も貰えるように今からポイントを稼いでおかないと」

「そんなポイントカードみたいに言わないでよー」

　私がそうツッコむと、自然とまた笑いが込み上げてきた。工藤君もつられて笑っている。二人しかいないグラウンドで、私たちはお腹を抱えて、声を出して笑い合った。

　しばらくの間、気が済むまで二人で笑い合っていたが、笑い声が聞こえたのか、先生に見つかってしまい、慌てて学校を出ていった。

その道中。ふと、横を歩く工藤君を見ていたら、前々から疑問に思っていたことがあったので、この機会に聞いてみることにした。

「工藤君って身長高いよね。昔からそんなに大きかったの？」

私の身長が一五六センチで平均的であるのに対し、工藤君は明らかに一八〇センチを超えていて、私はいつも見上げるように彼の顔を見ることになる。

「こう見えても俺、昔はかなりチビだったんだよ」

「え、そうなの？」

意外な事実に私は驚く。とても今の彼からは想像できない。

「うん。小学生の時はいつも前の方だったな。身長がいきなり伸び始めたのは、中学生の時だったよ」

「何を食べてこんなに大きくなったの？　やっぱり和菓子？」

「さあ？　それは分からないけど、確かに和菓子は嫌というほど食べたかな。売れ残りとかをおやつとして出してきてさ。もう毎日、飽き飽きしながら食べてたよ。だから、クッキーとかチョコとかを貰えるのは本当に嬉しい」

そういえば、クッキーを渡した時もそんなことを言っていたなと思い出した。工藤君にとって、洋菓子は憧れのような部分もあるらしい。

「今、何センチあるの？」

「去年の身体測定は一八六センチだったよ」

「大きいなぁ。私、いつも見上げなきゃいけないもん」

「じゃあ、これからはこうやって屈んで歩いたほうがいいのかな？」

そう言いながら、膝を折って時代劇のコソ泥のような歩き方をする工藤君の姿を見て、鎮火していた笑いの火種が大きくなる。

「やめてー。いつも笑いながら歩くことになるから、その方がつらいよ」

工藤君の腕をバシバシ叩きながら、私は大笑いをする。

工藤君も元の歩き方に戻って、私と同じく笑っていた。

そんな他愛のない話をして、交差点で工藤君と別れた。別れ際に私が「お返し、本当にありがとう」と手を振ると、彼も手を挙げて応えてくれた。

その後の帰り道も、私は歩きながら思い出し笑いをしてしまった。コソ泥のような工藤君の歩き方が、あまりにも可笑しかったというのはあるが、他にも理由があるのは確かだった。たぶん、お返しを貰った嬉しさも、多少は関係があったのかもしれない。

その嬉しさのせいで、家に帰った後も笑みがこぼれていたらしく、家族からは随分気味悪がられた。

「何か悪いものでも食ったのか？」という父の失礼な言葉も気にしないぐらい、私は上機嫌だった。ただ、事情を知る姉からは、工藤君からお返しを貰ったんだと勘づかれてしまい、お風呂上がりに私の部屋に入ってきた。

「その様子だと、工藤君からお返しを貰ったのね」

例のニヤニヤした顔で尋ねてくる姉に対して、私もニコニコした笑顔で応える。

「うん。お菓子貰っちゃった」

と言って、貰ったお菓子を姉に見せる。しかし、姉はニヤニヤした顔からたちまち険しい顔に変わった。

「何これ？　スーパーのお菓子売場に置いてあるような市販のヤツじゃない。あんた、こんなの貰って嬉しいの？」

「愛に見返りを求めちゃダメだよ。それに、来年はもっといいものを貰う予定だから」

満面の笑みでそう応える私に、「全く訳が分からない」という顔をしながら、姉はそれ以上詮索せず、私の部屋を出ていった。

どうも私は感情が顔に出やすいみたいで、工藤君からお返しを貰った一週間は喜色満面という言葉がとても似合う状態だったらしい。それに気づいたのは、練習終わりに立ち寄ったファーストフード店で、理沙の発言がきっかけだった。

「明日香、あんた、最近キモいよ」

引き気味に呟く彼女の言葉で、ようやく我に返った。と同時に、四六時中バカみたいにニコニコしていた自分が急に恥ずかしくなってきた。私は赤面しながら、向かいに座る理沙に尋ねる。

「私、そんなに顔に出てた？」

「出てた。まあ、工藤君からお返しを貰ったんだろうなとは予想していたけど、こんなに分かりやすい人間、初めて見た」

言われてみれば、クラスの友達や同じソフトテニス部の部員からも、「どうしたの？」と聞かれていた気がする。ただ、遠回しに聞く彼女らとは違い、歯に衣着せぬ理沙の「キモい」というストレートな表現で、やっと我に返ることができたのかもしれない。

照れ隠しに私は慌てて話題を変える。

「そ、そういえば、今年は男子ソフトテニス部全員からお返しが来たみたいだね」

「貰うだけ貰って、返さないなんていうことの方があり得ないけどね。牧谷みたいに」

苦々しげに吐き捨てるように言う理沙。

金額の差はありながらも、今年はキチンと男子ソフトテニス部全員がお返しを用意したらしく、先輩方は概ね満足したみたいだった。

「牧谷君にもあげたの？」

「あげるわけないじゃん。お返しも用意しない奴にあげるチョコなんか、義理でもありゃしないわよ」

「でも、今年はちゃんとお返しが来たよ。一応」

ただし、自発的にではなく、工藤君に諭されて渋々用意したらしい。工藤君がホワイトデーに何を用意したらいいのか悩んでいて、牧谷君に一度だけ相談したらしく、毎年お返しを用意していないと答えた牧谷君にしつこく「今年は用意しとけ」と迫ったらしい。

「どうせ十円ぐらいで売ってる駄菓子みたいなチョコでしょ？」

用意したまではいいが、今までお返しをしなかった分、自分が得をするようにしたのが、いかにも牧谷君らしい。見透かしたような理沙の物言いに、私は「当たり」と苦笑いするしかなかった。

四月を迎えて、私たちは二年生になった。

クラスは二年八組で、一年生の時は別々だった理沙だけでなく、工藤君とも同じクラスになった。

彼の姿を見かけた時は、嬉しすぎて飛び上がりそうだった。まさか、同じクラスになるとは思っていなかったからだ。ただ、席が隣になるといったことはなく、私たちの関係が急激に接近するようなことはなかった。

工藤君は前から二番目の席で、同じ列の二つ後ろが私の席だった。そのため、同じクラスにはなったが、接点は特にないまま、授業中に彼の坊主頭を眺めることしかできなかった。

鍵の当番の日。私はいつもと同じように部室を掃除して、工藤君と帰る時間を合わせた。ホワイトデーの後や春休みはタイミングが合わず、一緒に帰ることはなかったので、久しぶりだった。私たちは、分かれ道である交差点まで一緒に歩いていた。

「同じクラスになったね」

「うん。これからもよろしく」

工藤君が、はにかむような笑顔を見せる。

「野球部は何人、入部したの？」

仮入部期間が終わり、新入生が正式に入部するようになった。今一番ホットな話題だ。

「十七人だったよ。今年は多いかな。この前の秋季大会でベスト16に残ったおかげで上手い一年生が何人か入ってきたよ」

「へぇ。良かったね」

「そっちはどうだったの？」

「今年は四人だけ。ちょっと寂しいかな」

硬式テニス部がない分、毎年五人から八人は入部してくるのだが、今年は少なかった。同じネットスポーツで、日差しの影響がない卓球部やバドミントン部などに人材を奪われたのかもしれない。

「そういえば、春の大会あるんだよね」

「地区予選は突破したよ。四月の下旬に県大会の一回戦が始まる」

「背番号は何番？」

私は食いつくように工藤君に聞く。昨年の秋の大会での活躍ぶりから考えると、エースナンバーである1番を任されてもおかしくはない。私はそう期待していた。

「前と同じ9番だよ」

「えぇ〜。1番だと思っていたのに」

特に気にすることもなく、工藤君はサラッと言ったが、私は予想がはずれて落胆した。

「まだ信頼されてないってことかな？　夏にはまた背番号は白紙になるから、その時に1番を着ける可能性はまだあるよ。だけど、出来れば先輩が着けて欲しいかな」

「どうして？」

私は不満げに尋ねる。

「先輩たちの引退をかけた試合なんだ。チームの全部を背負うようなものだから、俺には荷が重いよ」

「そんなことない」と否定しそうになったが、寸前で飲み込んだ。

私も人のことは言えない。団体戦はできれば先輩方に出てもらいたいと思っている。だから、工藤君に感化されるまでは熱心に取り組まなかった。しかも、団体の三枠のうちの一つに出るのと、野球部のエースになるのとでは重圧が違うだろう。

彼の心境も考えないで、なんて軽率だったんだろうと、私は工藤君と別れた後も心の中で反省した。

人生というものは、思うようにならないものである。まだ十六年ほどしか生きていないが、むしろ学生だから、些末なことでも思うようにいかないと感じてしまう。

そして、これは工藤君にエースナンバーを取って欲しかったという私のエゴが招いた天罰なのかと思ってしまった。

ゴールデンウイークに行われる高校総体の地区予選まであと半月もないという差し迫った時期に、いつも通り練習が終わったあと、私と理沙は顧問の先生に呼ばれて職員室で面談をした。何でも、次の高校総体の団体戦で三年生のペアを外して、私と理沙のペアを団体戦で起用するとのことだった。

顧問の先生も直前まで悩みに悩んだそうだが、この前の新人戦の戦績や今までの練習試合の戦績から、私と理沙のペアが最も勢いのあるペアなので、少しでも団体戦の勝率を高くしたいということだった。外される三年生のペアは、二人とも高校からソフトテニスを始めた初心者で、三組いる三年生の中で一番下手なペアだった。

入部したての時は、中学の夏に引退してから久しぶりにラケットを握る上に、ペアを組んだばかりということで、まだ先輩たちの方が実力は上だったが、新人戦あたりから追い抜いてしまったらしい。もうすでに外される三年生のペアには顧問の先生が話をしたとのことだった。

理沙は平然としていたが、私はかなり戸惑っていた。

確かに去年の九月から努力を続けてきたが、先輩方を追い抜いて団体戦に出たいなどとは思っていなかった。去年の夏から、この思いは変わっていない。しかも、先輩たちは最後の試合に団体戦のメンバーから外されるのだ。もし、自分が外される先輩方の立場だったら納得がいかないと思う。

だが、顧問の先生の方針に逆らう勇気はないので、その場は「分かりました」と返事をした。理沙と職員室を出た後も、私は心の整理がつかなかったので、その日のうちに理沙とファーストフード店で話し合いをしたかった。理沙は承諾してくれた。

「どうしよう、理沙ちゃん」

席に座って開口一番に不安な声を漏らした私の顔を見て、理沙は呆れ顔だった。

「どうするも何も、やるしかないでしょ。明日香がテニス頑張りたいって言い出したんじゃない。私はいずれこうなるかもしれないと腹を括っていたわよ」

どこ吹く風とばかりに、手元にあるバニラシェイクを啜る理沙。

自分たちが上手くなれば、誰かを蹴落とすことがあるかもしれないのに、それを全く頭に入れていなかった。ただただ、野球に一生懸命な工藤君と対等でいたいという気持ちだけで突き進んでしまった。努力することが悪いことではない。自分が変われたことも悪くはない。しかし、覚悟を決めずに、自分の感情の赴くままに、何も考えずにやってきたことも事実だった。

「当日に仮病でも使う?」

まだ腹が決まらない私に、理沙が抑揚のない声で聞いてくる。

私はかぶりを振った。

既に顧問の先生が外される先輩たちに話をしている。ここで逃げ出せば、逆にチーム全体の迷惑になるし、テニスを続ける資格はない。

「だったら、答えは一つでしょ?」

ため息をつきながら、理沙は私の顔を見る。

まだ戸惑いがないわけじゃないが、いつまでも悩んでいるわけにもいかない。私は
「うん」と力なく返事をした。

私たちができることは一つだけ。結果を出すだけだ。それしかないと分かっているつもりだったが、心の整理は全くつかなかった。


それからというものの、団体戦のメンバーから外れることになった先輩たちとは特に話をすることもなく、ゴールデンウイークに入る前日。私に鍵の当番が回ってきた。

いつも通り工藤君とグラウンドで会って、私たちは一緒に帰っていた。

「杉山さん、何だか最近元気がないね。何かあったの?」

横を歩く工藤君が心配そうな顔で私に尋ねてくる。

クラスが一緒になったことは嬉しいが、感情が表に出やすい分、工藤君に全部知られることになる。

私はぽつぽつと話し始めた。

「今度の高校総体の団体戦、先輩たちのペアが外れて、私と理沙ちゃんが出ることになったの」

「凄いじゃん。とても頑張ったんだね」

工藤君は自分のことのように喜んでいた。

いつも工藤君が結果を出した時に私が大喜びしていたから、そのつもりはなくても、お返しのような感じがした。

「でも、先輩たちを蹴落としてまで、団体戦のメンバーになりたいなんて思ってなかった。それも最後の大会に。ごめんね、工藤君。私、分かってなかった。自分の立場になって、ようやく結果を求められることの苦しさが分かるようになってきた」

暗い顔で話す私に、工藤君はしばらく黙ったままだった。

そのまま分かれ道である交差点に来たので、「じゃあね」と挨拶して別れようとしたが、工藤君が「杉山さん」と声をかけてきた。

「俺、野球以外のスポーツはあんまり詳しくないけど、テニスには個人戦があるじゃないか。その外された先輩たちが団体戦のメンバーに選ばれなかったからといって、三年間の練習の成果を発揮できないわけじゃない。俺は、テニス部が練習を始める前に、杉山さんが誰よりも早く来て練習しているのを知ってる。多分、他のテニス部のみんなだって知ってる。杉山さんが努力したから、団体戦のメンバーに選ばれたんだ。人を蹴落とした罪悪感を持つよりも、結果を出して、後々になってからでもいいから、杉山さんが団体戦のメンバーに選ばれて良かったって、先輩たちに思わせる方がいいんじゃないかな。簡単なことじゃないけど、結果を出すことだけを考えたらいいと思うんだ」

いつもの穏やかで優しい言い方ではなく、どこか厳しい声色だった。でも恐らく、工藤君も同じような葛藤を抱いているからこそ、ウジウジしている私に喝を入れるために、あえて厳しく言っている彼の優しさも垣間見えていた。

しばらくの間、私は俯いていたが、意を決したように頭を上げた。もう、戸惑いや迷いはない。

「ありがとう、工藤君。おかげで目が覚めたよ。次の大会、頑張るね」

迷いの吹っ切れた、晴れ晴れとした顔を工藤君に見せたつもりだった。

私の決意が伝わったのか、工藤君もホッとした笑顔で応えてくれる。

「あ、そういえば、自分のことばかりで忘れてたけど、春季大会どうだったの？」

ここ二週間、団体戦のメンバーに選ばれたことで頭がいっぱいだったので、メールで結果を聞くことすらすっかり忘れていた。この機会に聞いておきたい。

「俺が打ち込まれて、二回戦で敗退したよ。やっぱりエースナンバーはまだ早いかな」

工藤君は決まり悪そうに頭を掻いた。

「先発と中継ぎ、どっちだったの？」

「その日は俺が先発だったんだ。でも、初回に3失点してから、ずるずると失点しちゃって。5対9の完敗だよ」

「そっか……」

去年の秋季大会は、工藤君が活躍して健闘していただけに、その結果を聞いて、残念な気持ちだった。

「でも、夏の大会があるし、今はそっちの方に切り替えて練習してるから」

分かりやすく落胆した私に気を遣ったのか、工藤君はやる気に満ちた声でそう言った。

どうやら、引きずってはいないようだ。そんな彼の姿を見て、私も安心した。沈みがちな声色だったさっきとは違い、「そっか」と明るく相槌を打つ。

「それじゃあ、工藤君、本当にありがとう。また今度、大会の結果を話すね」

別れ際に、私がそう言って手を振ると、工藤君は手を挙げて応えてくれた。

一人だけになった帰り道。私は温かい気持ちでいっぱいだった。

たぶん、工藤君が励ましてくれたからというのもあるが、練習前に自主練している私のことを、工藤君が見てくれていたことが嬉しかった。そして、そのことが何よりも私には心強かった。

工藤君が見てくれているなら、努力は嘘をつかない。

それは根拠のない妄言かもしれない。

でも、工藤君から応援されている気分だった。

それだけで、私は何でもできそうな気がした。


「団体戦に出られない悔しさはあったけど、その分、明日香と理沙が勝ってくれて嬉しかったよ」

「明日香は特に頑張ってたもんね。来年は私たちよりももっといい成績を残してね」

大会が終わった後に、団体戦に出られなかった先輩たちに呼ばれ、涙ながらに私と理沙を労ってくれた。恨み節を言われることを覚悟していたのに、感謝されるとは思わなかったので、私も感極まって泣いてしまった。

結局、団体戦は二回戦で負けてしまった。

私と理沙のペアは二回とも一番手で出場し、二戦二勝。一回戦は全員が勝ってストレート勝ちだったが、二回戦で先輩たちが接戦を落としてしまい、敗退となった。

個人戦も、三回戦で当たった三年生の気迫に押されて敗退。先輩たちも二回戦や一回戦で敗退し、今年の高校総体は去年と同じく地区予選で終わってしまった。ゴールデンウイークの最終日に三年生の慰労会を行って先輩方は正式に引退し、連休明けから女子ソフトテニス部は二年生と一年生だけで練習することになった。

そして、新チームでの練習初日。私は練習前に顧問の先生に呼ばれて、また職員室で面談した。女子ソフトテニス部の部長を私に任せたいとのことだった。去年の新人戦や今回の高校総体での実績、日頃の練習態度、さらに部室を自主的に清掃する心配り。全ての面において、私以外に任せられないと熱弁された。中学の時はただの平部員だったので、完全に手探りなのが不安だが、先生の熱意に押される形で承諾した。というより、承諾しなくても無理やり押し付けられる気がしたので、仕方がなかった。

私が女子ソフトテニス部の部長に就任して一週間が経ち、私に鍵の当番が回ってきた。その日も部室を掃除して、工藤君と一緒に帰っていた。

帰り道を歩きながら、この前の高校総体の結果と部長になったことを彼に報告した。

「杉山さんは部長か。凄いなぁ」

素直に感心する工藤君に、私は不安な顔を見せる。

「でも、部長なんかやったことないから、不安ばかりだよ。工藤君は何かやったことある？」

「俺もないなぁ。中学は部活じゃなくて、シニアで野球やってたけど、キャプテンに選ばれたことはなかったから。ごめん。力になれなくて」

「シニア？」

聞き慣れない言葉が出てきたので、私は首を傾げる。

「硬式野球のことだよ。中学の部活は軟式だからね」

「へー。野球にも硬式と軟式があるんだ」

「テニスも硬式と軟式に分かれてるんだっけ？」

「うん。私たちがやってるソフトテニスは軟式。ボールもラケットも全く別物」

「じゃあ、野球も一緒だ。全然道具が違うんだよ」

お互いの競技の共通点を見つけて嬉しかったのか、はしゃぐように笑う工藤君。無邪気な笑顔を見せる彼の姿がどこか新鮮だった。

「お互い、次頑張ろうね」

交差点での別れ際、決意新たに真っすぐな視線を送る工藤君に、私も誓うように
「うん」と力強く返事した。私も工藤君もやる気に満ち満ちていた。

という固い契りのようなものをお互いに交わしたものの、その一週間後に中間考査が控えていた。

試験期間、野球部は朝練だけ。ソフトテニス部は丸々休み。私はもちろん、きっと工藤君も有り余る熱意を部活動に向けられない歯がゆさを感じていただろう。

ようやく試験が全て終わって、二週間後に鍵の当番が回ってきた。例によって、工藤君と一緒に帰る。テストの結果は全教科返ってきているので、話題はもちろん、試験についてだ。

「中間考査どうだった？」

私がそう尋ねると、工藤君は決まり悪そうな顔をしていた。

「あんまり良くないかな。高校に入ってから、どの教科も難しくなって、いい点数をそもそも取ったことがないんだけど」

「どれがダメだった？」

「数学は赤点ギリギリ回避したよ。あと、化学。理系は壊滅的だった」

恥ずかしそうに頭を掻く工藤君に、私は思わず叫ぶような声を上げてしまった。

「私も同じ！　文系はそこそこいい点を取るんだけど、理系が全然ダメなんだよねぇ」

大声を出して同調する私に、工藤君は目を丸くしていたが、すぐに朗らかな笑顔を見せる。

「俺たち、結構似たもの同士かもね」

工藤君にそう言われて、「似た者同士」というワードを妙に意識してしまった。

似たもの同士なのかなぁ……。

そこまで似ている気はしないし、彼の方が部活に関しても志が高い。

でも、妙に嬉しくなったのも事実だった。部活ができなくて、少しだけ肩透かしを食らったが、工藤君との距離は確実に縮んでいると実感した。


その後、ソフトテニス部の部長になって一か月経過したが、私の日常はそれほど劇的に変わらなかった。変わったのは団体戦の順番くらいだ。

ソフトテニスの団体戦は、ダブルスを三試合行うのが通例なので、二番手にエース格を置くチームが多い。私と理沙のペアが部内で一番強いので、練習試合では二番手に置かれるようになった。それ以外だと、号令や練習の声かけを行っている。部長が行う慣例なので、そこは平部員の時と全く違うが、それでも大きな変化とは言えなかった。

六月の中旬。

工藤君と一緒に帰った時に、夏の大会でエースナンバーを着けることを彼の方から報告してきた。本人は自信なさそうにしていたが、私は今度こそ大喜びで祝福した。

別の日に、二年連続で隣のクラスの九組になった牧谷君を昼休みに捕まえて、話を聞いてみた。

「工藤が一番安定しているからな。そりゃあ春の大会は初回に炎上したけど、先輩も投球内容がピリッとしないし、誰も文句言わねぇだろうよ」

というのが牧谷君の見立てだった。工藤君がエースナンバーを取ったことは、とても嬉しかったが、エースナンバーをはく奪された先輩や他の野球部員からのやっかみを唯一心配していた。しかし、それも杞憂に終わって、ホッと胸を撫で下ろした。

去年はやらなかったが、暇な時間を見つけて、新聞に載っている県内の高校野球部の選手名一覧を確認した。もちろん、工藤君の名前も載っている。自分が通っている高校の選手一覧だけをスクラップした。新聞紙を見るとしても、今まではテレビ欄と四コマ漫画ぐらいしか眺めなかったので、家族の誰からも驚かれた。

新聞に載っているトーナメント表によると、七月の第一週の土曜日から、野球部は夏の大会が始まるらしい。工藤君からメールで結果を聞く約束をしていた。

一回戦を無事突破したというメールが届いた時には、小躍りしそうなくらい嬉しかったし、すぐに祝福のメールを送ったが、その次の週に、二回戦で敗退したというメールが来た時には、とことん落ち込んだ。

工藤君から試合の詳細を聞くことはできなかった。繊細な彼のことだから、エースとして責任を感じているかもしれない。そう考えると、工藤君の傷を抉ってしまいそうで、聞き出すのは怖かった。昼休みに牧谷君を捕まえて、聞き出すことにした。

「六回までウチが4点リードして、工藤が無失点で頑張ってたんだよ。でも、七回に連打を浴びてピンチになったから、先輩と交代したんだけど、先輩がつるべ打ちにあって逆転されちまったんだ。試合後、あいつ、先輩一人一人に頭を下げてたよ。誰もあいつを責めなかったのにな。エースの責任ってやつかな」

工藤君に同情するように、牧谷君は珍しく、しんみりとした顔をしていた。

やっぱり、エースになるというのは大変な責任があるらしい。

何も知らないで馬鹿みたいに喜んでいたことを、今さら後悔した。

私たちの二回目の夏は、色々と大きな進歩を残したが、お互いに苦い思いを残して過ぎていった。

5

「最初から飛ばしすぎると、終盤にバテてしまう。かといって、最初から省エネだと、相手に付け込まれる。高校野球の先発投手っていうのは本当に難しいんだよ」

工藤君は悔しさの中に同情を交えながら呟いていた。たぶん、いきなり点を取られて、私が残念そうにしていたから、弁明のつもりだったらしい。

一回の表、相手の攻撃。いきなり一番バッターにセンター前ヒットを打たれ、続く二番が送りバントを決めて、試合開始早々、一死二塁でクリーンナップを迎えるというピンチに陥ってしまった。その後の三番バッターはセカンドゴロに打ち取ったけど、ランナーは三塁に進塁。四番バッターを四球で歩かせ、続く五番バッターにレフト前のポテンヒットを打たれ、先制点を取られてしまった。なおも二死一、二塁というピンチを私たちの母校は凌がなければならない。

エースナンバーを背負う先発の平井君は、工藤君と同じように一年生の頃から期待されていた。右投げで最速１４７キロのストレートを投げる本格派の投手。去年の夏は足に怪我をしてしまい、投手としての出番はなかったが、今年は万全の状態で臨むことができたらしい。

しかし、そんな平井君でも、初回にいきなり失点してしまうのだから、先発投手というのは本当に難しいらしい。野球をやったことがない私には到底想像できないが、去年の同じ時期に、エースとしてマウンドに上がっていた工藤君が言うのだから、説得力があった。

その後の六番バッターは三振に仕留め、チェンジとなった。時間にしてみれば、二十分弱だが、もっと長かったように感じる。

工藤君は、平井君の一球一球に「ナイスボール！」「いいよ！　球走ってるよ！」と、大きな声援を送っていた。一方の私は、「頑張れ」などの月並みの声援しか送れなかった。

まだ序盤なので、試合は流し目で観ている。賭けをしているから、試合が気にならないと言えば嘘になるが、それよりも、隣で声を張り上げて後輩たちを応援する工藤君の横顔の方が気になって、事あるごとに彼の顔を見つめていた。

坊主頭で小麦色に日焼けした精悍な顔。このままユニフォームを着て、マウンドに立っても違和感はない。野球小僧という形容がまだ通用しそうな風貌だった。

あまりにも長く工藤君の顔を見すぎていたからか、私の視線に気がついたらしく、工藤君がこちらに顔を向ける。

「俺の顔に何かついてる?」

工藤君は声援を送るのをやめて、首を傾げながら尋ねてくる。すぐさま私は、顔と視線をグラウンドの方に移す。

「ううん。なんでもない」

気づかれたことに気まずさを感じながら、私はできる限り平静を保った声で返事をする。

「よそ見は厳禁だぞ。いつ試合が動くか分からないからね」

工藤君は深く追及せず、私にそう一言注意して、また後輩たちに声援を送っていた。しかし、工藤君の言葉とは裏腹に、試合は膠着状態になり、お互いランナーを出す時はあっても、得点には結びつかなかった。去年と同じ球場で、投手戦。ただ一つだけ違うのは、置かれた状況が全く逆ということだ。

皮肉って、このことを言うのかな。

そんなことを考えながら、私は工藤君の顔を見る頻度を減らして、なるべく試合の方に集中した。

家を出た時よりも、日差しが強くなり、気温は確実に上がっている。試合の熱気も感じているので、体温は上がり、汗が滴り落ちていった。

緊迫した空気の中、0対1で膠着したまま、試合は進んでいく。

6

高校生活二回目の夏休みを迎えた。

去年と同じく、野球部とソフトテニス部の練習時間が違うため、工藤君と一緒に帰ることはなかった。私に鍵の当番が回ってくるのは午前中までの日や、野球部が練習試合で不在の日などであったため、運悪く工藤君とは何も進展のないまま、盆を迎えてしまった。

例年通り、私たち四人家族は、島根の祖父母の家に帰省した。玄関の扉を開けると、祖父母と一緒に良美が出迎えてくれた。「待ってたよー」と笑顔を振りまきながら、私に抱きついてくる。暑いからやめろと文句を言いながら引き離すと、良美は耳打ちしてくる。

「工藤君とはどこまで進んだの？」

そういえば去年の別れ際に、工藤君との仲がどこまで進んだか楽しみにしていると言っていたのを思い出し、私はげんなりした。去年よりも工藤君との仲が進展しただけに、端折《はしょ》りながら話しても、延々と追及されそうで面倒くさい。しかも、良美の部屋で姉も一緒に寝る。横で余計な茶々を入れてくるに違いない。

「今日は疲れてるから、明日にして」

実際、移動の疲れがあるので、今日くらいはゆっくりさせて欲しい。ブーブー文句を言う良美を放ったらかして、私たちはそれぞれの部屋に荷物を置きに行った。

家族全員で居間に行くと、従兄の洋ちゃんが高校野球の中継を見ていた。去年と同じように、彼も大学の夏休みを利用して、実家に里帰りしてきたらしい。

「洋ちゃん、久しぶり」

と、私が声をかけると、

「おお、久しぶり」

テレビから目を離して、にこやかに挨拶してくれた。

しばらくの間は家族全員で雑談をしていたが、祖母、母、伯母の三人が台所に立ち、祖父が風呂に入り、父と伯父が明日の釣りの準備のために居間を離れると、また子供四人だけが残された。大人全員がいなくなると、洋ちゃんは私に話しかける。

「あーちゃん。今年は工藤君、どうだった？」

どうだったというのは、野球のことだろう。洋ちゃんは私と工藤君との色恋沙汰については関心がない。野球部でどれだけ活躍したのかが気になるのだろう。その辺は良美と全く違う。恋愛について話すのは疲れるが、野球については苦ではない。

「夏の大会の後、レギュラーを取って、今年の夏はエースナンバーを着けたんだよ。春と夏は二回戦で負けちゃったけど、去年の秋は県大会でベスト16まで行ったんだって」

自分でも誇らしげに、嬉々とした表情で話しているのは分かっていた。工藤君が努力していることはよく知っているし、一人でも多く、工藤君の凄さを知って欲しい。

「そりゃあ凄いのぉ。一年でベンチ入りするくらいだから、レギュラーくらいは取っとると思うてたが、二年生でエースか」

洋ちゃんは、去年と同じように、心の底から感心しているようだった。

「甲子園は狙えるんか?」

「さあ、どうだろう？　他の部員がどれだけ出来るか分からないし、他の野球部の子が言ってたけど、ウチは弱小なんだって」

洋ちゃんは興奮気味に尋ねてきたが、私の返答を聞いて少し落胆していた。

「そうか。まあ、あーちゃんの県は激戦区じゃけぇ。21世紀枠で春の大会に出て欲しいけど」

21世紀枠って何？　と聞こうとしたが、何やら不穏な視線を感じたので、寸前で口から出なかった。視線をたどると、良美が膨れっ面で私を睨んでいる。多分、野球に関することは嬉々として話す癖に、工藤君との恋愛については嫌がって話そうとしないから、不公平だという無言の抗議だろう。私は顔を引きつらせて、そのまま黙り込んだ。

しばらくして、夕食が出来上がったので、家族全員が集まったが、その時も良美は私のことを睨んでいた。また面倒くさいことになったなと、私は食欲をなくし、モソモソと適当に夕食を食べた。

「あーちゃん、ずるいよー。私の時は嫌そうにするくせに、お兄ぃの時は嬉しそうに話すんだもん。不公平だよー」

良美はお風呂に入っている時も散々抗議してきたが、そろそろ寝ようと良美の部屋に入ってからも不平を口にしていた。どうしても納得がいかないらしい。

「ヨシちゃん、今日はやめときなって。私も早く寝たいしさ」

寝転がって、漫画を読んでいる姉が良美を窘める。

やはり、姉も移動の疲れがあるのか、今日はゆっくり寝たいらしい。しかし、猶予が一日延びただけで、私にとっては少しも嬉しくない。

「でもさー、話を聞けると思ってずっと楽しみにしてたのに、こんなぞんざいな扱いはひどいよー」

「そんなに人の恋愛に興味があるのなら、ヨシちゃんも彼氏を作ればいいのに」

正直、人の色恋沙汰を根掘り葉掘り聞き出すのは、いい趣味とは思えない。彼氏でも作って、自分の恋愛を楽しんでくれた方が建設的なので、ちょっと嫌味っぽく言ってみた。

すると、良美は人差し指を立てて、チッチッと舌を鳴らす。

「あーちゃん、分かってないなー。他人の色恋話を聞く楽しさと、自分が恋愛する楽しさは全く別物。他人の不幸は蜜の味ってよく言うじゃん」

最後のことわざは引用が間違っているような気がしたが、何を言っても通用しない良美に私はため息をついた。

こうなったら、強硬策で布団にさっさと潜り込もうと思ったが、姉が良美にニヤニヤした顔を向ける。

「自分が恋愛する楽しさってことは、ヨシちゃん、好きな人ができたの?」

思いがけない言葉に、良美は「えっ」と顔を強張らせる。どうやら図星のようだった。

またとない反撃のチャンスなので、私は布団から離れて、良美に顔を近づける。

「その反応は、好きな人がいるんだね？」

姉と同じく、ニヤニヤした顔を見せながら私は尋ねる。

いつもの良美と違って、視線を右往左往させて、明らかに動揺していた。

「いや、好きとかそういうのじゃなくって、憧れっていうか、なんていうか、親切っていうか、かっこいいなぁってちょっと思っただけで、別に彼氏とかそういうのでもないし……」

顔を赤くして、しどろもどろになりながら、弁解の言葉を連ねる良美。

今年から高校に入ったので、私と同じ年ごろではあるし、恋の一つや二つしていてもおかしくない。

そんな慌てる良美の姿を見て、私と姉は顔を見合わせた後、二人して良美に抱きつく。

「ヨシちゃん、おめでとう！　明日は私だけじゃなくって、ヨシちゃんの彼についても洗いざらい聞くから覚悟してね！」

抱きつかれて戸惑っている良美に、私はいたずらっぽい笑顔をこれでもかと振りまく。

「いやー、ついにヨシちゃんにも春が来たかー。私の彼氏のことばっかり聞いてた時が懐かしいよ」

うんうんと、わざとらしく感慨深そうに頷く姉。私の時といい、他人の恋愛を冷やかすのが本当に好きな性分だ。

「そんなんじゃないって！　違うってばー」

良美は必死に否定していたが、

「そんなに照れなくてもいいのに」

「往生際が悪いぞー」

と、私と姉はとことん良美を冷やかしていた。

しばらくの間、私たちはキャーキャー騒いでいたが、去年と同じく、伯母が部屋に入ってきて、私たちを叱りつけた。

「あんたら、何時だと思うとんの！　近所迷惑じゃあね！」

「早よう寝んさい！」と、一言一句全て、去年と同じだった。

伯母に怒られては静かにするしかないので、私たちは大人しく布団に入った。

「違うんだってば……」

電灯を消した後も、良美が事あるごとに一人ごちていたが、新しい楽しみが出来たとばかりに、私と姉は布団に入ってからも笑みがこぼれ、寝付くのに時間がかかった。

二日目の朝も去年と全く同じだった。祖父、父、伯父の三人は釣りに出かけ、私たちが一番遅くリビングにやってきて、朝食を摂る。唯一違うのは、良美が少しだけ早起きし、わざとタイミングをずらして、私と姉を避けていることだった。どうも冷やかされるのを嫌がっているからだろうが、心配しなくても親や祖父母がいる前で大っぴらに茶化すことはしない。同じ年ごろなので、それくらいの分別はある。

モソモソと朝食を食べ終え、私は洋ちゃんの隣で高校野球の中継を見る。

しばらくして、洋ちゃんが「なあ、あーちゃん」と声をかけてきた。

「何？」

「昨日の晩、なしてあんなに騒いどったん？」

移動の疲れで初日は静かなことが多いので、気になったらしい。流石に伯母のように部屋まで来て、文句を言うことはしなかったみたいだが。

「うるさかった？」

「すんごく」

洋ちゃんはわざと強調するように言った。こんな言い方をするのだから、本当にうるさかったらしい。

「うるさくしてごめんね。実はさ、ヨシちゃん、好きな人がいるって口を滑らせたから、お姉ちゃんと一緒にからかったの」

洋ちゃん以外には聞かれないように声を落として耳打ちする。

「ふーん」

意外にも洋ちゃんは、そんなことかと言わんばかりの興味のなさそうな顔を見せる。

「妹に好きな人ができたのに、お兄ちゃんとして気にならないの？」

「良美が誰を好きになろうが、知ったこっちゃなぁ。元々そんなに仲もええわけじゃなぁし」

「お前に良美は渡さんっていう気持ちにならないの？」

「それは親父の心情じゃろ。兄貴の俺には関係なぁ」

高校野球の中継から目を離さずに、ばっさりと洋ちゃんは切り捨てた。でも、わざと興味がないように装っている風に見える。内心は気になっているのかもしれない。

そんな洋ちゃんの姿を見て、私は聞こえないようにクスッと少しだけ笑って、話題を変える。

「ねぇ、洋ちゃん。話は変わるけどさ、打順って何か意味があるの？」

せっかく、ゆっくり野球を見ることができて、隣に元高校球児がいるのだ。野球について気になることは全部聞いておきたい。

「チームによっても違うけど、大体一番バッターは出塁できて足の速ぁ選手を置くなぁ。二番は足もあって、バントもできて、一番が倒れた後に出塁できて、何でもできる器用な選手が理想やな。三番は打率のええ選手、四番はチームの柱みたいな選手、五番と六番は長打を狙えるか、勝負強い選手。七番、八番は特に役割はなぁけど、九番は一番からの上位打線に繋ぐために、足の速ぁ選手や出塁できる選手を置くのがセオリーやな」

視線はテレビのまま、洋ちゃんは説明してくれた。

工藤君と出会う前に比べると、野球を見る頻度が増えたので、だいぶ野球のことを知るようになったが、まだ何となく理解している程度で、詳しいことまでは分からない。その一つが打順だ。順番に役割があるのは何となく察していたが、どういう意味があるのかまではさっぱりだった。洋ちゃんのおかげで腑に落ちてきたが、一つだけまだ不思議に思う部分があった。

「四番に一番いい打者を置くものなの？」

四番が特別な打順だということは、高校野球もプロ野球も一緒みたいだが、なぜ四番が特別なのかということまでは分からなかった。

洋ちゃんは相変わらず、テレビから目を離すことなく答える。

「理由は簡単じゃ。一番チャンスが回ってくる打順なんよ」

「そうなの？」

「確率的にも実証されとるぞ。確実に点を取るなら、四番に信頼できる選手を置くわな。まあ、チームや選手によっては、打席が一回でも多く回ってくる一番とかケース・バイ・ケースのバッティングが求められる三番を重要視することもあるけど、それでもやっぱり、四番はチームの柱っていうイメージやな。あーちゃん、工藤君は何番を打っとるんや？」

四番が重要視される理由は、洋ちゃんの説明のおかげで分かったが、何気なく聞いてきた洋ちゃんの問いに、私はすぐに答えることが出来なかった。

「分かんない。たぶん、クリーンナップだとは思うけど……。ピッチャーだけじゃなくって外野手でも出場していて、秋の大会でホームランを打ったって聞いたことはあるから、バッティングもいいと思うよ」

「エースでバッティングもええんか。ほんに凄い選手やな」

洋ちゃんは感心するように言う。

「洋ちゃん。あとね、変化球って何種類あるの？」

テニスでも回転はかけるが、野球の変化球は、上、下、横の回転だけでは足りないくらい種類がある。工藤君の持ち球は知らないが、一緒に帰るときの話題作りにもなるかもしれないから、知っておいて損はない。

私の質問に、洋ちゃんは「う～ん」と唸っていた。

「それは、俺もちゃんと説明できんな。知らん名前の球種もあるし、投手はやったことなぁけぇ。まあ、とりあえず有名な奴は説明するわ」

そう言って、洋ちゃんは手近にあったペンと、裏面が白紙の広告を机に置いた。

「まず、真っすぐっていうのがストレートじゃ。浮き上がるようなボールや変な回転を投げる選手もおるけど、大体は変化しない。直線的やと思えばええ。次にポピュラーなのがスライダー。これは縦に変化するのもあるけど、投手から見て、利き手とは逆の方向に変化するボールや。その反対方向に変化するのがシュート。そんで、落ちるボールがフォーク、シンカー、スクリュー。厳密にはそれぞれ特徴があるらしいけど、これは投げ方とか利き手で名前が変わるだけじゃ。わざと遅い球を投げてタイミングを外すのがチェンジアップ。カーブは名前だけ聞けば想像つくやろ？　大きく曲がる変化球じゃ。逆に小さい変化をして、打ち取るのがカットボールやな。ストレートとスライダーの中間みたいな変化球や。ナックルは投げる選手も少ないから、覚えんでもええか」

洋ちゃんは紙に線を書いて、一つ一つ曲がる方向などを丁寧に教えてくれるが、名前を覚えるだけでも精一杯だ。こんなに変化球の種類があるとは思わず、頭をショート寸前にしながら、私は驚いた顔を洋ちゃんに向ける。

「凄いね。こんなに変化球ってあるんだ」

「まあ、落ちる球のように、投げ方や利き手で名前が変わる球もあるけぇ。今言った球を全部投げられる選手はおらんよ。あーちゃん、工藤君は右投げか？　それともサウスポー？」

「サウスポーだよ」

「どんな投げ方をするん？」

「え？　どんな投げ方って言っても……。普通に上から振り下ろす投げ方だったような……」

私は肩を回して、上から腕を振るモーションをする。工藤君がシャドーピッチングをする時は、いつも腕を振り下ろすような動きだったから、これで間違いないはずだ。

「純粋なオーバースローは少ないけぇ、たぶんスリークォーターやな。名前を聞いた時は、もしかしてと思ったけど、ますますあの投手に似とるな」

「あの投手？」

「工藤公康じゃ。名前くらいは聞いたことあるやろ？」

「分かんない」

野球のルールは大体覚えたが、流石に選手の名前までは知らない。唯一、顔と名前が一致するのはイチロー選手だけで、その他のスターと言われるプロ野球選手のことは全く知らない。

そんな私に呆れることなく、洋ちゃんは説明してくれる。

「プロ野球で有名な投手じゃ。工藤って聞いて、ええ名前じゃなぁと思うとったけど、まさか同じサウスポーだとは思わなかったわ」

「ふーん」と私は適当に相槌を打つ。そんなに凄い投手なら、暇を見つけて、その工藤投手のことを調べてみようかなと思った。

私の苗字である杉山も、とあるテニス選手と同じ名前だが、いい名前だね、なんて言われたことはない。もしかしたら、野球を始めた時から工藤君は、「工藤選手みたいに有名になれよ」と周りから期待されていたのかもしれない。繊細な彼のことだ。今の高校を選んだ理由の一つに、周りからのプレッシャーから解放されて、伸び伸びと野球をやりたかったのかもしれない。

一段落ついて、またテレビの方に目を向ける洋ちゃんに、私は再び話しかける。

「ねえ、洋ちゃん。一つだけ頼みがあるんだけど」

「何?」

「洋ちゃんとキャッチボールしたいんだけど、グローブとボールある?」

「キャッチボール?」

思いがけない私の頼みに、洋ちゃんはひどく驚いて、声が裏返っていた。

「そりゃあ、何個かグローブはあるし、俺も暇じゃけぇ、キャッチボールくらいはしたるけど、いきなりどうしたん?」

「いや、野球のことを知るようにはなったけど、実際に何かやってみたいなと思って。キャッチボールくらいなら、私にもできそうだし」

野球についての知識は増えていくし、野球中継も退屈せずに見ているが、何が面白いのかまでは、まだ理解できない。でも、実際にやってみれば何か面白いかもしれないと思って、帰省したら洋ちゃんとキャッチボールだけでもしてみたいと思っていた。

洋ちゃんは、しばらく黙り込んだままだったが、やがて口を開いた。

「ええけど、昼飯まで時間がなぁけぇ、午後からな。本当は暑いけぇ、午前中にやった方がええんやけど、しゃーなぁわ。でも、工藤君とまともにキャッチボールできるレベルまで教えれんぞ」

最後の言葉が引っかかって、私は「え?」と呆けた顔になる。

「違うんか? 工藤君とキャッチボールしたいけぇ、俺に教えてくれってことやと思ったんじゃけど?」

「ち、違うよ。別にそんなつもりで頼んだんじゃなくって……」

本当は、いつか工藤君とキャッチボールくらいは出来たらいいなと思って、この機会に洋ちゃんと練習したいとも考えていたが、まさか見透かされているとは思わなかった。

私が否定した後、それっきり何も言わず、洋ちゃんは高校野球を見ていたが、まさか洋ちゃんがこんなに聡いとは思わず、私は高校野球の試合を集中して見られなかった。

昼食を食べて、祖母、母、伯母の三人が、例年通り買い出しに出かけ、私と洋ちゃんも近所の公園に行こうと、玄関で靴を履いていた。

するると、いつもなら家から出ようとしない姉も出かけるらしく、私たちに声をかけてきた。

「あれ？　あんたたちも出かけんの？」

「ああ。あーちゃんがキャッチボールしたいって言ってきたけぇ」

「キャッチボールぅ？」

姉が眉間にしわを寄せて、怪訝そうな顔で私たちを見る。

「いくら工藤君のことが好きだからって、今から野球部員を目指してどうすんの？」

皮肉めいた冗談を言う姉に、私はすました顔をする。

「そんな無謀なことはしません」

「ハルちゃんはどこに行くんや？」

ハルちゃんとは、姉の名前の遥香から取ったあだ名だ。私の「あーちゃん」と同じく、父方、母方関係なく、親戚からそう呼ばれている。

「ちょっとお菓子とかを買って、今夜の女子会の準備をしようと思って。去年はヨシちゃんが用意してくれたけど、昨日からかったら、閉じこもっちゃってさ。今年はやらないって言い出してきたら楽しみが半減でしょ？　せっかく、いいネタを持っている人間が二人もいるんだからさ」

　姉がニヤニヤした笑顔を見せながら、楽しそうに話す。私と良美をとことんからかおうという魂胆だ。私も良美を冷やかしたので、人のことは言えないが、からかわれない安全圏にいながら人の色恋沙汰を聞き出そうとするのは、どこか釈然としない。

「ええけど、昨日みたいにうるさくしなぁでよ」

　何がそんなに面白いんだかという呆れ顔をしながら、洋ちゃんはため息交じりに呟く。

「じゃあ、良美。俺たち出かけてくるから、お前も出るんやったら、ちゃんと戸締りして、ガス栓見とけよ」

　洋ちゃんが大声で良美に言うが、返事はなかった。

「あいつ、ちゃんと聞いとるんか？」

　ぶつくさ文句を垂れながら、洋ちゃんは玄関の扉を開ける。

　私や姉と顔を合わせたくないのか、良美は昼食以外で姿を見せることはなかった。

　私と姉も、良美の部屋に出入りするので、良美はずっと洋ちゃんの部屋に閉じこもっている。ばつの悪いことがあると、良美は誰とも顔を合わせず、一人でいようとする昔からの癖がある。

それでも夜になったら、私や姉と一緒にお風呂に入らなければならないし、空き部屋は他にないので、一緒に寝るしかない。はっきり言って、悪あがきだ。しかし、気持ちは分からなくもない。私も、良美の恋愛事情を楽しみにする反面、工藤君とのことを洗いざらい姉と良美に報告しなければいけない憂鬱も、同時に感じているからだ。しつこい追及が待っていることは、容易に想像できる。

余計なことを考えてしまった私は、洋ちゃんや姉に気づかれないように小さくため息をついた。

屋外は、私や良美の憂鬱などお構いなしの、カンカン照りな天気だった。

「暑いけぇ、一時間くらいで切り上げようか」

近くの広い公園に着くと、洋ちゃんは私にそう言ってきた。

外は八月らしい灼熱地獄で、あんまり長いこと運動すると熱中症になりそうだった。少子高齢化と若年者の都市部への移住などの影響で、空き地が増えてきている。そのためか、人口の割には公園がそこかしこに点在していた。しかし、元々人が少ない田舎だからか、それとも家庭用ゲーム機が普及した世の中だからか、夏休みなのに公園で遊ぶ子供はおらず、私たち二人しかいなかった。

早速、私も洋ちゃんもグローブを左手にはめる。それと同時に、独特な油の匂いが鼻を掠めた。公園に行く道すがら、洋ちゃんに何の匂いか聞くと、グローブを柔らかくするオイルの匂いだという。今まで嗅いだことのない匂いで、お世辞にもかぐわしい香りではない。

「よーし、来い」

適当な距離を空けて、洋ちゃんが両手を挙げる。

「えいっ」と声を出して私はボールを投げる。ボールは山なりに弧を描き、三回ほどバウンドして洋ちゃんの足元にたどり着いた。

「あーちゃん、手だけで投げるけぇ、こっちに届かんのや。足を踏み出して、腰も肩も回して、全身を使うように投げてみんさいや」

洋ちゃんは苦笑しながら、投げる手本を見せてくれる。

工藤君のシャドーピッチングや、野球中継でキャッチボールをしている選手を見たことはあるが、自分がやるとなると中々思うようにならない。意外とボールも重く、基本中の基本のキャッチボールでさえも難しく感じた。

今度は、洋ちゃんが私に投げ返してくる。ノーバウンドで私がキャッチできないと気を遣ったのか、ワンバウンドして私の元にやってくるが、上手くキャッチできない。

右利きの私が、普段使わない左手で捕球するのは、投げる以上に難しい。

「右手にグローブをはめたいなぁ」

「そうしたら、左手で投げなならんで」

弱音を吐いて口を尖らせる私に、洋ちゃんはケラケラと笑っていた。

どの球技でも、始めたての時は不慣れなものだが、当たり前のように投げては捕ってを繰り返している野球選手たちに対し、敬意のようなものを感じてしまった。

そんな風に、キャッチボールと言うにはお粗末な、投げては捕ってを繰り返すうちに、段々と洋ちゃんの方にノーバウンドやワンバウンドでボールが届くようになり、洋ちゃんの投げるワンバウンドの球も、大体は捕球できるようになった。

じりじりと日が照り付ける。暑さで汗をかき、Tシャツの下に着ているキャミソールがべっとりと肌に張り付く頃に、洋ちゃんが切り上げようと言ってきた。洋ちゃんも汗だくだった。

私たちは、近くの自販機で飲み物を買い、帰る前に日陰のベンチで休憩することにした。さっき買ったばかりの、よく冷えたスポーツドリンクを一口飲んでから、洋ちゃんに話しかける。

「洋ちゃんは、ポジションはどこだったの?」

私と違い、洋ちゃんは一気にペットボトルの半分を飲み干し、一呼吸あけてから答えた。

「俺はセカンドやったな。最後の夏は五番を打っとった」

「セカンドって難しい？」

「そがなこと言い出したら、どこも難しいけどな。まあ、キャッチャー、ショート、セカンド、センターはセンターライン言うて、重要な守備位置と言われとるけど」

「そうなんだ」

「でも、野球はピッチャーが一番大事じゃや。ピッチャーの出来で試合を左右するんよ。俺は一度もピッチャーをやったことなぁけぇ、ピッチャーができる奴は凄いと思うわ」

「やっぱりピッチャーって難しいんだ？」

「そりゃそうじゃや。あーちゃん、ちょっと立ってみんさいや」

洋ちゃんに言われて、私はスポーツドリンクを置いてベンチから立ち上がる。

「それでバットを持つフリをして」

「こう？」

バットを持ったことがないので、漠然としたイメージを頭に描いて、棒立ちのまま、両こぶしを胸の高さくらいに持ってくる。洋ちゃんはその辺に落ちていた木の枝で、地面に五角形を書いた。

「ホームベースが大体あーちゃんの今立っている辺りだとして、そこから18・44メートル。今俺が立っているこの辺りから、速い奴だと時速150キロのボールを、横はホームベース、高さはバッターの胸から膝までのストライクゾーンに投げ込まんといけんのよ」

洋ちゃんは、さっき私とキャッチボールをした時よりも、だいぶ距離を取ったところで、投球モーションをする。テレビで見るのとは大違いで、ピッチャーとバッターの距離は、かなり離れているように感じる。先ほどキャッチボールをしたので、この距離から速い球をストライクゾーンに投げ込むのは難しいだろうなと実感が湧いた。

「洋ちゃん、今度は私がそっちに行ってみてもいい？」

「ええよ。木の枝をここに置いとくけぇ。これが目印な」

私と洋ちゃんは場所を入れ替え、洋ちゃんは右打席でバットを構えるフリをする。

工藤君はこの距離からボールを投げて、いつも戦っているのか。

正確な距離ではないし、細かいところは違うが、マウンドに立つ工藤君の心境をほんの少しでも理解した気分になっていた。

私は振りかぶって、自分の思う投球フォームでボールを投げるフリをした。

「ストライク！」

私が腕を振り下ろしきったと同時に、洋ちゃんが声を張り上げた。

私は苦笑いをする。

「たぶん、届いてすらいないよー」と弱音を吐きながら、洋ちゃんの元へ駆け寄った。

再び私たちはベンチに座り、スポーツドリンクを飲んだ。

「マウンドからホームベースって、意外と遠いんだね」

「テレビで見るのとは大違いじゃろ？」

「そうだね。こんなに遠いとは思わなかった。ねぇ、洋ちゃん。もう一つ気になってることがあるんだけど、工藤君、何でピッチャーの他に外野手をやらされてるのかな？」

「そりゃあ、バッティングがええからじゃろ？」

「でも、内野手でもいいのに、何で外野手なのかな？」

「あーちゃん、工藤君がセカンドとかショートとかできると思うとんの？」

「無理なの？」

「無理というか、左投げの選手はファースト以外の内野のポジションは向かんのよ。まあ、見ときんさい」

そう言って、洋ちゃんは再びベンチから立ち上がる。

「ファーストは、守る方から見て右側に打球が集中するけぇ、左投げの方が向いとるんじゃが、それ以外のポジションは、打球を取って一塁に投げるのが左投げだとやれんのよ。右投げなら捕った後、スムーズな動きで一塁に投げることができるけぇ、ファースト以外の内野手は右投げしかおらん。外野は右投げ、左投げは関係ないけぇ、工藤君は外野を守らされとるんじゃろ。まだファーストよりも外野の方が負担は少ないけぇ」

身振り手振りを交えて、洋ちゃんは説明する。確かに左投げの方が、余計なモーションが入る分、セカンド、ショート、サードの守備はやりにくそうだ。

「キャッチャーも左投げの人はいないの？」

「おらんな。三塁からランナーが帰ってくる時、右手にキャッチャーミットがあるけぇ、ランナーをタッチしにくい」

「あ、なるほど」

野球中継で右投げ、左投げを意識したことはないが、なぜ工藤君は内野手をやらせてもらえないのか疑問だった。洋ちゃんのおかげで溜まっていた疑問がほとんど解決した。

「もう聞きたいことはないんか？」

ひとしきり説明し終えて、もう一度洋ちゃんはベンチに腰を下ろす。

「あ、うん。ありがとう」

「ま、工藤君に愛想尽かされんよう、もっと勉強しんさい」

思いがけない洋ちゃんの一言に、八月の蒸し暑い気温で火照っていた顔がより一層赤くなった。

「そ、そういうつもりで、色々聞いたわけじゃないよ？」

一応否定するが、割と見当違いではない。

野球小僧の工藤君と話をするには、勉強や学校のことだけだと、話題がなくなっていく。野球に詳しくなれば、そういう悩みが減って、もっと工藤君と楽しくお喋りができる。不純ではあるが、私にとっては切実な悩みだった。

照れ隠しにスポーツドリンクを飲む私を、洋ちゃんはしばらく黙って見つめていたが、やがてポツリと呟く。

「ま、とにかく、頑張りんさいや」

工藤君と仲がもっと深まるよう、頑張って野球を覚えていけということだろう。私の恋を応援してくれるのはありがたいが、何もかも見透かされたようで恥ずかしい。

適当に休憩して公園を出た後、私はずっと無言だった。

「さあさあ、お二人さん。お姉さんに全部話して楽になりなさい。ん？」

ビールを一口飲んだ姉は、私と良美に向かって窺うような視線を送る。

つい二週間前に誕生日を迎え、晴れて成人した姉は、やましいことなど何もないと言わんばかりに、ここ最近は酒をかっ食らっている。もっとも、大学入学直後から顔を赤くして帰ってきたり、飲み会があった翌日の朝に頭痛をこさえていたり、怪しい場面を何度も見ているのだけど。

お風呂の時、良美は大人しく私と姉と三人一緒に入ったのだが、一言も喋らなかった。姉が真っ先に体や髪を洗い、湯に浸かるのもそこそこに、お風呂からさっさと上がってしまった。残された私と良美が同時に上がって、良美の部屋に入ったところで、お菓子やつまみの袋を開け終え、女子会のスタンバイを終えた姉が出迎えていた。使っていないクーラーボックスと冷凍庫に眠っていた保冷剤まで用意して、冷やした飲み物まで用意する周到ぶりだ。

「ほらほら、さっさと喋んなさいよー。せっかく、このクソ暑い中、買い出しに出掛けて準備した私の苦労が無駄になるでしょー」

姉はカルパスを口に放り込み、ビールをまた一口飲んで、私と良美に話をするよう急かし続ける。正直、姉には工藤君とのことを大体話しているから、話すことなど何もないはずだが、まだ隠していることがあるのではと疑っているらしい。

特に面白いこともないし、何を話したらいいのかなと逡巡していると、良美は諦めたようにため息をつく。

「分かったよー。白状するよ。私、大庭良美は好きな人が出来ました。でも、去年あーちゃんが工藤君のことを話した以上に中身のない話だから、あーちゃんの話が終わってからにして下さい」

開き直ったような顔の良美に、私は「えっ？」と顔を向ける。まさか、自分のことは棚に上げて、私の方から話をさせるとは思わなかった。

「あーちゃん、工藤君とはもう付き合ってるの？」

さっきまでのしおらしい顔はどこに行ったのか、私にニヤニヤした顔を見せる良美。私で時間稼ぎして、自分の色恋沙汰を逃れようという腹づもりなのだろうか。

「ヨシちゃん、まだ明日香と工藤君、付き合ってないわよ」

私の代わりに、姉がしれっと答える。

「えっ？　何で？　何で？　もう出会って一年以上経つのに、まだ告白してないの一？」

信じられないと言った感じで、食ってかかるように私に顔を近づける良美。あまりの勢いに、私はのけ反ってしまう。

「工藤君が野球に集中している間は、告白しないんだってさ。卒業までには告白するらしいけど、そんなにのんびりしていたら誰かに取られちゃうよって、私も散々言ってるんだけどねぇ」

姉は額に手を当てて、わざとらしくはぁ～と大きなため息をつく。

「ハル姉の言う通りだよ。あーちゃん、恋は早いもの勝ちなんだよ？」

良美は私の肩に手を置いて、真剣な顔で私の目をじっと見る。

私は良美の手を振り払う。

「お姉ちゃんには一度言ってるけど、工藤君、意外と繊細だから、余計な雑音を入れて煩わせたくないの。野球部を引退した後で、お互い色々落ち着いたら、告白するつもり」

私は目線を二人から離して、紙コップに入ったオレンジジュースを飲みながら、とつとつと話す。しかし、理由を言っても、良美はまだ納得してないようだった。

「でもさー、あーちゃん。来年は受験だし、二人とも落ち着く時間って、卒業前くらいじゃん。その間に誰かに工藤君を取られちゃったら、どうするの？」

「ヨシちゃん、それも私がしつこく言ってる。明日香。あんた、昔からウジウジ告白できなくて、損してるじゃない。工藤君のことが本当に好きなら、さっさと言っちゃった方が楽になるわよ」

酔いが回ってきたのか、目を据わらせた姉がジッと私を見つめる。いつもながら余計なお世話だと心の中で悪態をつくが、口には出さない。

「いいの。野球を一生懸命頑張ってる工藤君が好きなの。恋が実らなくても、それはそれで仕方ないよ」

そうは言いながらも、もし本当に恋が実らなかったら、ショックで寝込むかもしれない。でも、工藤君の邪魔にはなりたくない。二人が私のために小言を言っているのは分かっている。だが、誰かに取られる前に思いを告げたい気持ちと、工藤君に野球を頑張ってもらいたい気持ち。両立が難しい気持ちに挟まれ、そのジレンマに苦しんでいるのは、誰でもない私だ。何度も悩んで、何度も考えた。だからこそ、最後には工藤君のためを思って、思いを告げたい気持ちを押し殺すことにしたのだ。

「それに、バレンタインのチョコを渡して、お返しはきっちり貰ったし、工藤君とは友達以上の仲には進展した自信はあるもん」

私はわざとらしく胸を張って、自慢げに話す。

良美は初耳なので、身を乗り出してきた。

「へぇ〜。バレンタインのチョコを工藤君に渡したんだ。あーちゃんもやることはやってるんだねー」

だが、目を輝かせる良美とは対照的に、姉は冷めた目をしている。

「でもさ、返ってきたお返しって、スーパーで売ってるような安いチョコだったじゃん」

「え？　そうなの？　そんなので喜んじゃダメだよ、あーちゃん。もっと、がめつく行かなきゃ」

バレンタインデーとホワイトデーのことを報告して、良美がうるさく言うのを躱そうと思ったのに、姉のせいでまた振り出しに戻った。

「しかも、まだ告白しないってことは、義理チョコで渡したんでしょ？　手作りを渡したわけじゃないし、威張れるような戦果じゃないって」

ポテトチップスをボリボリ食べながら揚げ足を取ってくる姉を、私はブスっとした顔で睨みつける。予想はしていたが、ここまで横からうるさく言ってくるとは思わなかった。もう放っておいて欲しい。

「ところで、ヨシちゃんの好きな人って、どんな人？」

何を言っても二人から小言が飛んできそうなので、私は無理やり話題を逸らした。

「え？　私？　いや、だから、そんな面白い話じゃないよー」

ここまで来て、まだ逃げようと思っているらしい。往生際の悪い良美に、いい加減腹が立ってきた。

「明日香と工藤君はこれくらいしか進展してないし、そろそろヨシちゃんの話が聞きたいな～」

姉が缶ビール片手に、良美の横にくっついて催促する。興味の対象は完全に良美の方に切り替わった。

早く話せと圧力をかけてくる私と姉から逃げ切れないと悟ったのか、良美は観念したように肩を落とし、少し頬を赤らめながら、おもむろに語り始めた。

「その、高校入学して、中学の時と同じように美術部に入ろうと思ったの……。でも、入学したばっかりで、美術室がどこにあるか分かんなくて、あっちこっちウロウロしていたら迷子になっちゃって……。そんな時に、一個上の先輩が自分も美術部だから、案内してあげるって言ってくれたの。それで、親切だなって思って……」

恥ずかしそうにゆっくりと言葉を選びながら、愛しの「彼」との馴れ初めを語る良美に、私と姉は「照れちゃって可愛いなぁ、もう」、「一目惚れってヤツかぁ」と口々に言いながら良美に抱きつく。

「ふ、二人とも、またお母さんに叱られるよ」

照れる良美に諌められ、慌てて私と姉は口をつぐむ。こんなところで女子会をお開きにされるのは消化不良だ。しばらくの間、私たちは静かにしていたが、伯母が二階に上がってくる気配はない。

「セーフ」

私たちは両手を広げながら、安堵する。

「その先輩ってどんな顔してるの?」

去年のお返しと言わんばかりに、私は良美に尋ねる。

「もちろん、ジャニーズ系の超イケメンだよ!」

わざとらしく胸を張って答える良美に、私と姉が左右から「嘘つけ!」とツッコミを入れる。

「まあ、嘘だけどさ。でも、優しい感じだよ。俳優の高橋裕介に雰囲気が似てるかな?」

私と姉は同時に「おお〜」と思わず声を上げる。

その俳優は、この前のドラマで笑顔を絶やさない優男の役を演じ、今ブレーク中のイケメン俳優だ。

「四か月ほどで、どれくらい仲良くなったの？　正直にお姉さんに言いなさい」

指で良美の腕をつつきながら、姉が聞いてくる。

「部活中はみんな集中しているから、あんまり話はしてないよ。でも、この前、すぐそこの美術館の招待券を貰ったから、先輩と待ち合わせて二人だけで絵画の展覧会を観に行っちゃった」

照れ臭そうに話す良美に「ヨシちゃん、やるぅ」と私は合いの手を入れる。

「いいなぁ。私もそんなデートしてみたいなぁ。明日香もヨシちゃんも優しい男の子に助けてもらって恋に落ちて。羨ましいなぁ。私なんかロクでもない男ばっかり。私も一瞬で恋に落ちてみたいなぁ」

姉は缶ビールをあおって、残っていたビールを一気に飲み干し、心底羨ましいとばかりにため息をつく。

「お姉ちゃんは、腰が軽すぎるんだよ」

いつも茶化されている仕返しに、私が皮肉を込めて言う。

「私だって、男をとっかえひっかえしたくないわよ。でも、同年代の男って、盛りのついた猿ばっかなんだもん。頭ん中はヤりたいシたい。それぱっか。かと思えば、彼女が出来ただけで満足して、何にもしてこない男もいるしさ。女を所有物としか思ってないのよ、あいつら」

余程、鬱憤が溜まっていたのか、姉はここぞとばかりに愚痴を並べる。

それはロクでもない男ばかり声をかけているからじゃないのかと私は言いそうになるが、理沙も同年代の男なんかガキっぽくて付き合えないと吐き捨てていたことを思い出した。確かに、同い年の男子はどことなく幼稚に見える時がある。もちろん、工藤君は別だけど。

「大学だったら、もっと出会いがあるんじゃないの？」

皮肉な物言いはやめて、私が至極まっとうな質問をする。高校よりも一学年余分にあって、自由な時間も多いイメージがある。その気になれば、出会いなどいくらでもありそうだ。

しかし、姉は甘い、甘いと言いたげにかぶりを振る。

「ところがどっこい。ゼミとサークルと、決まった友達のグループとしか付き合いがないのよ。特にサークル内の恋愛って面倒くさいんだな、これが。振ったり別れたりすると、気まずくって仕方ない。どっちかがサークルをやめない限り、そんな空気がずっと続いて大変なのよ。私、去年の暮れに同じサークルのバカと別れちゃってさ。今大変なのよ」

姉はまた盛大にため息をつく。楽しい女子会をしたかったのに、なぜか辛気臭くなってしまった。暗いオーラを放つ姉を私はスルーしようと思ったが、「ハル姉も大変なんだねぇ」と良美は気を遣って慰めていた。

と同時に、いきなり扉からノックが聞こえてきて、私たちはビクッと体を強張らせる。伯母なら問答無用で扉を開けてくるから絶対違う。しばらくして、「俺じゃ。開けてもええか？」と洋ちゃんの声が聞こえてきた。

「おお、洋ちゃんか。入れ入れぇ」

さっきまでの暗いオーラはどこに行ったのか、酔いが回って半分おっさん臭い言い回しで、姉が入室の許可を出す。

姉の声を聞いて、洋ちゃんは扉を開けた。

「お兄ぃ、何の用？　女子会の最中だから、男子禁制だよ」

良美が怪訝そうな顔を洋ちゃんに向ける。

「いや、お前らがうるさいって、お袋たちが文句を言うとったけぇ、二階に上がるついでに俺が注意してくるわって言うたんじゃ」

やっぱり、騒がしい声が一階に筒抜けだったらしい。あの時はセーフと言っていたが、本当は完全にアウトだった。

「洋ちゃん、ありがとう。伯母さんに見つかってたら、お開きになってたよ」

ついでとはいえ、わざわざ言いに来てくれた洋ちゃんに、私は礼を言う。

「あんまり大声出さないようにな」

もう一回、私たちに釘を刺して、洋ちゃんは扉を閉めようとするが、

「ねぇ、洋ちゃんって彼女いるのぉ？」

間延びした声で姉が呼び止める。今度はチューハイの缶を開けていた。

「おるよ」

顔色一つ変えずに、サラッと言う洋ちゃんに、私たちは三人揃って「えええぇぇ？」と声を上げて驚愕する。

「声が大きいって言うとるろう」

洋ちゃんはシーッと人差し指を口に当てて、静かにするようジェスチャーする。完全に手遅れだが、私と良美は口を押さえた。

「彼女いるんだぁ。どんな人ぉ？　ここに入ってきて、お姉さんに言ってごらんなさいな」

姉だけは大声を出した後も気にする素振りを見せず、洋ちゃんを手招きして部屋に入るよう促している。

「ハルちゃん、酔うと、こがーなるんか？」

呆れ気味に洋ちゃんは私に聞く。姉が酔う姿をしょっちゅう見ているわけではないので、「うん、まあ」と、私は曖昧な返事をする。両親ともに、そこまで酒に強くない。姉も似たような体質だ。飲み会があると、へべれけになって帰ってくることが多い。

「ごちゃごちゃ言ってないで、さっさと入りなさいよぉ。洋ちゃんは何飲む？　ビール？　チューハイ？」

姉がガサゴソとクーラーボックスを引っ掻き回す。

「ビールでええわ」

扉を閉めて、洋ちゃんは空いた場所にあぐらをかいて座る。姉から缶ビールを受け取ると、すぐに開けて飲み始めた。洋ちゃんは姉よりも四か月早い四月生まれなので、酒を飲んでも問題ない。

「お兄ぃ、何で黙ってたの？　彼女ができたなんて、一言も言ってなかったじゃん」

水臭いと言いたげな顔で、良美が口を尖らせる。

「誰も聞いてこなかったから言わなかっただけじゃ。責められる覚えはなぁ」

洋ちゃんは、俺の知ったことかとでも言いたげな顔で言い切る。

「洋ちゃん、彼女さんはどんな人？」

まさか、洋ちゃんに彼女ができたとは思わなかったので、興味津々で私が尋ねる。

「同じゼミの女子じゃ。そそっかしい奴でのぉ。一回生の時から色々と助けてやったら懐かれてしもうて、向こうが好きじゃと言うてきたけぇ、付き合い始めたんよ」

洋ちゃんは照れることもニヤけることもなく淡々と話す。

「いや、懐くって……。そんな犬や猫じゃあるまいし」

まるで道端で拾った動物をペットにしたような言い方をする洋ちゃんに、私は呆れながら一言ツッコむ。

「似たようなもんじゃ。背が小っこくて、俺の後ろにちょこちょこついて回っとる。俺があいつのフォローばっかりしとるんじゃから、彼女というより保護対象じゃ」

悪びれることなく、自分の彼女を珍獣か何かのように話す洋ちゃん。

野球を知らない私に、懇切丁寧に身振り手振りも交えながら教えてくれる洋ちゃんのことだから、面倒見がいいのは確かだろうが、自分の知らない所で珍獣のように話されているのは、その彼女が不憫に思えてくる。

「その彼女とはどこまで済ませたのぉ？」

完全に酔っぱらって、顔を赤くした姉が尋ねてくる。

「済ませたって何を？」

「ＡＢＣってよく言うじゃん。キスくらいはしたのぉ？」

いつものニヤけた顔で、姉が下世話な話を振る。

「しとらん」

「なぁんだ。つまんなーい」

期待していた答えじゃなかったのか、姉はその場で寝転がる。

「俺の下宿先に来て、料理を作ってくれるくらいじゃ。さっきも言ったように、あいつは保護対象じゃ。今回の帰省も、危なっかしいから途中まで一緒に帰ったわ」

「途中までって、その彼女さん、出身はどこなの？」

私がさりげなく尋ねる。

「山口じゃ。新幹線で新山口まで一緒に行って、そこで別れたわ。実家は防府《ほうふ》らしいから、どんな方向音痴でドジな女でも、山陽本線のホームまで見送れば問題ないろう？」

さっきと同じく、散々な言い草だ。洋ちゃんがここまで言うからには、その彼女は相当のおっちょこちょいみたいだが、どれだけポンコツなのか、実際に会ってみたくなる。

「防府なら、まだ近いし、ウチに遊びに来させても良かったのに」

良美も私と同じく、彼女がどんな人か気になるようで、また口を尖らせて不平を漏らす。

「結婚するわけでもないのに、何で実家に呼ばななならんのや？」

「彼女さんと結婚する気ないの？」

地に足をつけるしっかり者の洋ちゃんなので、当分先だと答えると思うが、一応聞いてみる。

「そんなことまで考えとらん。まだ学生じゃし」

予想通りの答えが返ってきた。

「でも、好きは好きなんでしょ？」

私が探るような視線を送ると、それまで淡々と喋っていた洋ちゃんが、初めて言葉を詰まらせ、みるみる顔を赤らめていった。

「あ、お兄ぃ、照れてる。何だかんだ言いながら、その彼女さんのこと大好きなんだ」

良美が洋ちゃんの顔を指さし、笑顔でからかう。妹にからかわれたのも手伝って、洋ちゃんの顔は耳まで真っ赤だった。

「もうええじゃろ？　ハルちゃんも寝てまいよったし、俺は部屋に帰るけぇ、適当な所で寝んさい」

照れ隠しのためか、洋ちゃんは飲みかけの缶ビールを持って立ち上がり、部屋を出ていった。

寝転がった時に睡魔に襲われたのか、確かに姉は寝息を立てて、熟睡している。

残された私と良美は、お互い「どうする？」という顔をして窺う。

「とりあえず、開けてるお菓子だけでも食べちゃう？」

私がそう提案すると、「そうしよっか」と良美も賛同した。

「ねぇ、あーちゃん。蒸し返すようだけど、本当に工藤君に告白しなくてもいいの？」

良美がお菓子を食べながら話しかける。

「いいんだってば。異性として工藤君を好きっていうより、同じアスリートとして尊敬している気持ちもあるから、時々一緒に帰るくらいでいいの。工藤君、野球以外のことは疎いし」

「そっか。あーちゃんもテニスを頑張ってるし、好きな人の邪魔はしたくないもんね」

意外にも、良美はすんなりと納得してくれた。

「っていうか、ヨシちゃん。さっき、私を生贄にして逃げようとしたでしょ？」

私は眉を吊り上げながら、良美本人もチャームポイントだと自負しているぷにぷにとした左右のほっぺたをつねる。

「いててて。あーちゃん、痛いよぅ。悪かったってばぁ。このぐらいで勘弁してくださいよ、おやびん」

「誰がおやびんだ」と、ツッコミを入れる前に適当な所で解放してあげた。仕置きとしてはこれぐらいで十分だろう。

良美は、ラッコのようにほっぺたをムニムニ触りながら、「だってー。二人に尋問されるの嫌だったんだもん」と、口を尖らせている。

「それは、お互い様でしょ。罰として、もうちょっと彼のことを聞かせなさい」

いたずらっぽい笑みを向ける私に、「しょうがないなー」と不服そうにしながらも、良美はまんざらでもない顔をしていた。

その後、「工藤君とは野球しか話題がない」とか、「先輩の描く風景画が好き」など、私と良美は遅くまで、お互いの好きな人の話をした。

女子会の次の日。洋ちゃんを含めた私たち四人は、母や伯母にこっぴどく叱られた。

夜中に大騒ぎするだけならまだしも、親の目を盗んで酒を飲むとは何事かと怒鳴られた。もっとも、酒を飲んでいたのは姉と洋ちゃんだけなのだが、二年連続で親に黙って、お菓子やジュースを食べたり飲んだりした私と良美も同罪らしい。

「大学生にもなって、何で親に怒られなきゃなんないの？」

そんな風に不平を漏らしながら、姉は終始不機嫌だった。

姉だけ途中で寝てしまい、洋ちゃんの彼女について聞けなかったので、朝起きて洋ちゃんに色々聞き出そうとしたみたいだが、断られたらしい。私と良美にからかわれたのが、洋ちゃんにとっては相当恥ずかしかったみたいだ。

「お互い、頑張ろうね」

別れ際に良美からそう耳打ちされ、私は頷いた。

良美を邪険にしていた初日とは違い、私と良美が知らない所で絆を深めていることも、姉が不機嫌になる理由の一つだった。

お盆の後、私は暇な時に、高校野球の地方大会の結果や、洋ちゃんが言っていた21世紀枠と工藤公康投手のことを調べていた。

まず、工藤君をはじめとするウチの野球部は、県大会進出を決めていた。去年も県大会には進んでいたので、それくらいは問題ないだろうと高を括っていたが、結果を聞いて一安心した。ただ、気になるのは、スコアがいずれも3失点以上していて、時には6失点など大量点を献上していることだった。工藤君の調子が悪いのかなと心配したが、

『県大会出場決まったね。おめでとう』

とメールを送ると、

『ありがとう。頑張るよ』

と、普通に返信が来たし、工藤君とは一緒に帰ってないが、野球部の普段の練習でちゃんと工藤君が参加している姿を見ているので、あまり気にしないことにした。

次に、21世紀枠。これは簡単に言えば、特別枠ということだろう。選考基準を満たした高校が三校選ばれて、甲子園の舞台に立てるということだ。春のセンバツのみで、夏の甲子園にはない制度だ。ウチは公立校なので、21世紀枠で甲子園を目指すのが手っ取り早いのかもしれない。

工藤公康投手に関しては、年度別の成績だけ目を通したが、元々野球に疎い私にはどれくらい凄い成績なのかピンと来なかった。だが、四十歳を過ぎても野球選手として活躍しているのは凄いことだと私にも実感できる。そんな大投手と同じ名前なのだ

から、引き合いに出されるのも無理はないと思えてきた。

夏休みが終わり、二学期の始業式から数日後、私に鍵の当番が回ってきた。

夏休みの間、工藤君と帰れないのなら掃除する意味はないと思って、机の上を整理する程度しかしなかった。なので、ゴミ箱のゴミは溜まり、部室の床は砂だらけで、見るに堪えない様相になっていた。理沙をはじめとする他の部員は、どうせ私がやってくれると高を括って、この状態を放置している。今でこそ工藤君と一緒に帰るための口実にしているが、元々は自主的に私が掃除をしていたのだ。引退した後は、部長権限で掃除当番も交代制で強制的にやらせようかと思っている今日この頃だ。

汚れている分、いつもより少しだけ長い時間をかけて掃除を終わらせ、私は工藤君と帰るために再びグラウンドに戻った。すると、いつもは工藤君一人だけなのに、今日はもう一人いる。工藤君より背は低いが、それでも普通の男子くらいの身長で、頭は工藤君と同じく丸刈りの男子だった。何やら工藤君と話し込みながら、彼もタオルを持っている。顔が見える距離まで行くと、牧谷君ではなかった。私がそばまで来たことに工藤君が気づいて、私を呼ぶ。

「杉山さん」

「何？　工藤。お前、キャプテンになっただけじゃなくて、彼女も作ったのかぁ？」

私はムッとした。牧谷君のように見知った仲の男子ならともかく、初対面ともいえる場で、私を指さして「彼女か？」と聞いてくるのはデリカシーがなさすぎる。

「同じクラスで、女子テニス部の杉山さん。時々こうして一緒に帰ってるんだよ」

やんわりとした口調で私のことを紹介する工藤君。

私はさっきの失礼な言い方が気に食わなかったので、

「初めまして、杉山です」

丁寧語だが、わざと不機嫌な声色で名乗った。

「ふ～ん。杉山さんっていうのか。俺、二年五組の一条《いちじょう》。よろしく」

一条と名乗ってきた男子は、嘗め回すように私の全身を見回した後、握手を求めてきた。

先ほどの失礼な物言いだけならまだしも、値踏みをするように私を見てきて、馴れ馴れしく握手を求めてくる。正直、この時点で一条君に対する嫌悪感はマックスだった。可愛らしい童顔の顔で、女子にはモテそうな外見だが、たとえ相手を怒らせても、それでチャラにできると思っているような節が見え隠れする。はっきり言って苦手だ。

「一条、そろそろ切り上げようか。あんまり長くいると、先生に怒られるから」

私の嫌悪感が伝わったのかどうかは分からないが、私が握手を返す前に工藤君は一条君に声をかけてきた。

「おっけー。そんじゃ帰ろうか、杉山さん」

私が返事をせずに歩き出すと、一条君は工藤君と私の間に入って、腕と腕が触れるような距離で私に近づきながら歩く。

「工藤と同じ中学だったの？」「何で知り合ったの？」「こんな時間まで何してんの？」

矢継ぎ早に質問を繰り出す一条君に、私は早く解放されたいと心底思っていた。

そんな私の願いが通じたのか、校門まで行くと、一条君は私たちとは反対側の道を歩いて帰っていった。

私はホッと胸を撫で下ろす。全身を毛虫が這うような、そんな不快感でいっぱいになる苦手なタイプなのに、帰り道まで一緒だったらたまったものではない。我慢できなくて工藤君を放ったらかして逃げていたかもしれない。

「大丈夫？　杉山さん」

私があまりにも分かりやすく安心したせいか、工藤君が心配そうな表情で私の顔色を窺う。

「え？　うん。大丈夫。私、そんなに分かりやすく嫌な顔してた？」

「まあ、あれは一条が悪いよ。あいつ、誰にでも馴れ馴れしいから」

そう呟く工藤君も、あまり一条君のことを快く思っていないらしい。同じ野球部員を悪く言いたくない気持ちと一条君が苦手だという気持ちが同時に顔に表れて、工藤君は複雑な顔をしていた。

「そういえば、さっきキャプテンになったって一条君が言ってたけど、本当？」

失礼な物言いだっただけに、余計耳に残っていた。間違いはないと思うが、一応確認してみる。

「ああ。先輩たちが引退した後、監督から言われてさ。俺なんかに務まるか不安だけど」

「大丈夫だよ、工藤君。私がテニス部の部長をやってるんだもん。工藤君なら絶対できるよ」

さっきの不快感を吹き飛ばすようなニュースだった。野球部とソフトテニス部で違いはあるかもしれないが、部のトップに立つ者同士、お互いにもっと支え合うことができる。

私は笑顔で工藤君を励ました。

「ありがとう。杉山さんの方が部長になるのは早かったから、相談事ができたら、休み時間とかに聞いてもいいかな?」

遠慮気味に尋ねる工藤君に対し、私は胸を軽く叩いて、「任せなさい」とふんぞり返った。わざとらしい言い方に、自然と二人で笑い合う。

「ところでさ、いつもは工藤君一人で残っているのに、何で一条君も残っているの?」

ひとしきり笑った後、私は工藤君に尋ねる。今まで居残り練習に付き合う人などいなかったのに、二学期になって、一条君が参加するようになったのが不思議だったからだ。

「一条もピッチャーだから、色々教えてくれって、せがまれたんだ。急に熱心になったのはキャプテンとしても嬉しいけど、フォームを確認してくれって頼まれるから、自分のシャドーピッチングをやる時間がなくなるのがちょっとね……」

工藤君は困ったような笑みを浮かべていた。

そんなの断りなよと言いたいところだが、キャプテンとしてチームを引っ張っていく以上、ぞんざいに扱うこともできない。

一条君がどれほど上手いのかは知らないが、二年生になってベンチ入りを狙いたいのだろう。熱心なことはいいことだし、同じピッチャーなら、居残り練習のおかげで上手くなって工藤君のエースとしての負担が減ることにも繋がるかもしれない。

その時は、私も工藤君も楽観的に構えていた。


それから数日後。私と理沙は、食堂でお弁当を食べながら雑談をしていた。

本来、食堂で注文したものを食べるのが基本だが、テニスのことを話す際、お金を節約するためにファーストフード店に行く回数を減らして、時々食堂で食べることもある。残念ながら同じクラスではあるものの、理沙とは席が離れているため、教室で一緒に食べることはできないし、教室と食堂以外で昼食を摂ることはできない。

理沙は、中学の頃から家族仲が良くないらしく、早く自立したいためか、自分でお弁当を作って持ってきている。中身はウインナーや冷凍食品、野菜はブロッコリーやプチトマトなど簡素なものだが、自分で買って自分で詰めているのだから、それだけでも偉いと思う。未だに母親に作ってもらっている私とは雲泥の差だ。

「好きでやってるんだから、偉くもなんともない。こんなことで褒められるとむず痒いからやめて」

一度、「偉いね」と私がこぼしたら、照れる様子もなく、バッサリと切り捨てられた。それ以来、私はお弁当の話はしないようにしている。

一通りテニスのことを話し終えた後、工藤君がキャプテンになったことを理沙に話したが、理沙は関心なさそうに「ふーん」と相槌を打つだけだった。話題を変えてしばらく雑談をしていたが、坊主頭の男子が一人、私たちの席に腰かけてきた。

「よっ。杉山」

牧谷君だった。彼もよく食堂を利用するため、時々食べ終わった後、私たちの席に座って雑談の輪に加わろうとする。

「牧谷。あんた、野球部の連中に友達いないの？」

理沙が鬱陶しそうに毒づく。心底牧谷君を嫌っているわけではないが、あまり話はしたくないらしい。

「そう邪見にすんなよ。むさ苦しい男どもと四六時中いるんだから、女友達と話をしたくなるわけ」

「私はあんたを男友達として認めてないけどね。っていうか、女に飢えてるんだったら、彼女でも作ったら？」

理沙が嫌味を吐くのはいつものことなので、牧谷君は言い返さず、私に笑顔を振りまく。

「それよか、聞いてくれよ、杉山。俺、外野のレギュラーを取れそうなんだよ」

去年の同じ時期に、自分も努力してレギュラーを取りたいと意気込んでいたので、そのことを知っている私に報告をしたかったらしい。

「へぇ。良かったね」

「まだ、百パーセント確定じゃないし、七番でレフトっていう締まらないポジションだけどよ、それでも、それなりに努力した甲斐があったってもんだぜ」

「くぅ～」と声を漏らしながら、充実した笑顔を見せる牧谷君に、私も笑顔を返す。

理沙は興味がないのか、明後日の方向を見ていた。

「あ、牧谷君。一つ聞きたいことがあるんだけど。一条君って、いつから工藤君と一緒に居残り練習しているの？」

シャドーピッチングをやる機会がなくなったから、地区予選で工藤君の失点が多くなったのでは？と、私は気になっていた。もっとも、それを知って、どうこうできるわけではないのだけど。

一条君の名前を出した途端、牧谷君は笑顔から一転して表情を曇らせる。

「お前、一条と会ったのか？」

「この前、工藤君と偶然帰りが一緒になった時に、居残り練習を工藤君とやってたから知り合ったけど……」

「一条の野郎、まだ性懲りもなく、そんなことやってんのか。工藤の足引っ張るから、やめろって言ってんのに、どうしようもねぇな」

先ほどの明るい表情から打って変わって、苦々しげに呟く牧谷君に私は戸惑いを隠せない。

「足を引っ張るって、どういうこと？」

「一条もピッチャーなんだけどよ。大した事ないんだわ。せいぜい130キロ出せるか出せないかくらいで、ノーコンで変化球もない。他のポジションはやりたがらないし、バッティングも貧弱。おまけに練習の時はやる気がない。そんな奴が工藤に教えてもらって、どうにかなると思うか？　まず、てめぇの練習態度を変えるのが筋ってもんだろ？　なのに、あいつ、工藤と一緒に居残り練習はするんだよ。工藤を蹴落としたくて、わざとやってるようにしか俺には見えねぇな。野球部の悪性腫瘍だよ、あいつは」

腸が煮えくり返るという言葉を具現化したように、牧谷君の表情は怒りを露にしていた。牧谷君の言うことが本当なら、真面目に練習している牧谷君も腹立たしいだろう。

疑問は氷解したが、牧谷君に何て声をかければいいか迷っていると、昼休みが終わる予鈴が鳴った。

「じゃあな」と言い残し、牧谷君は席を立って教室に戻っていく。気分を悪くさせたかなと少し反省しながら彼の後ろ姿を見送っていると、理沙が「明日香、私たちも行くよ」と声をかけてきたので、私も席を立った。

「その一条って、どんな奴なの？」

教室へ向かう途中、理沙が私にそう尋ねてきた。

「お世辞にも、いい人とは言えない感じ」

初対面の時の悍ましいくらい馴れ馴れしい彼の態度を思い出し、背筋を凍らせながら私は答える。

「牧谷の言うことも、あながち見当はずれじゃないってことね。工藤君もキャプテンになったのはいいけど、そんなお荷物を抱えて大変ね」

理沙は同情するようにため息を漏らしていた。

さらにその数日後。大会が近いこともあって、また食堂で理沙と雑談をしながら昼食を摂っていると、噂の一条君に見つかってしまった。

「よお、杉山」と相変わらず馴れ馴れしく、しかも、呼び捨てで私に挨拶した後、私の向かいに座る理沙に自己紹介をした。

「名前教えてよ」「彼氏いるの？」「杉山と同じテニス部？」「その髪型可愛いじゃん」

私の時と同じように、馴れ馴れしく理沙に質問や誉め言葉を並べる。しかし、理沙は反吐が出ると言わんばかりに、露骨に嫌な顔をして全て無視していた。

「あいつ、あんたの言う通り、本当に嫌な奴だわ！　明日香、食堂で食べるのやめにしない？」

教室に帰る途中、珍しく声を荒げて迫る理沙に、私は何度も頷いて激しく同意した。お小遣いの節約のために食堂を利用していたが、一条君と遭遇する可能性があるなら、ファーストフード店で百円だけでも払って雑談した方がまだマシだ。

そして、会って二回目だというのに、私の苗字を呼び捨てにした一条君の馴れ馴れしさが、改めて私も気に食わなかった。

そんなトラブルメイカーの一条君を抱えながらも、野球部は県大会の二回戦を突破し、去年と同じく三回戦に進出した。

試合結果をその都度メールで工藤君に聞いていていたが、去年と同じところまで来てホッとしていた。三回戦進出ということは、ベスト16に残ったということだ。

21世紀枠に推薦される条件の一つに、秋の県大会ベスト16以上というのがある。激戦区の県にいることもあり、勝ち進んで甲子園を目指すのは容易ではない。全国の中のほんの一握りではあるが、運よく選ばれる可能性が出てきたことは、野球部全体のモチベーションに繋がるだろう。

しかし、やはり工藤君がピリッとしない。試合を直接見たわけではないし、スコアブックも見ていないが、3点や4点に失点は抑えているものの、去年の彼と比べると調子が良くないのは明らかだった。

三回戦が始まる前に、私は工藤君と一緒に帰った。その時も一条君が居残り練習していたが、その時の会話は忘れることにしている。恐らく、私と食堂で話をした後、牧谷君は一条君に工藤君と居残り練習しないよう注意をしたと思うが、無駄だったらしい。

工藤君の調子が上がらないことを気にして、私は「どこか怪我してないよね？」と心配して聞いてみたが、「ピンピンしてるよ。大丈夫」と工藤君は私を安心させるように、笑顔を見せていた。

その後、他愛もない話をして、分かれ道まで来た時に「呼び捨てで呼んでもいいかな？」と工藤君が恐る恐る尋ねてきた。

正直、今の「さん」付けの方がいいのだが、許可はしていないものの、一条君が呼び捨てにしているため、仕方ないと思った。呼び捨ては工藤君との仲が深まっている証拠だと思い込むことにした。

そして、これも去年と全く同じだが、ソフトテニスの新人戦も野球部の三回戦が行われる同じ日に開催され、結果は去年と同じだった。

野球部は3対10という大差をつけられ、三回戦で敗退した。ここまで4失点以内に抑えていた工藤君が、七回まで投げて8失点という大炎上をしてしまった。コールド負けだけは阻止したものの、その後を任された一年の平井君も2失点して、合わせて10点も取られてしまったらしい。

「全部、一条のせいだよ。あいつを追い出す策を何か考えねぇと、工藤の今後にも関わってくるぜ」

とある昼休みに、一条君に見つからないよう、細心を払いながら牧谷君を捕まえて聞き出した。その試合で牧谷君もヒットを打ったらしいが、笑顔は見せなかった。ずっと苦虫を噛み潰したような顔で一条君の恨み節を言っていた。

「工藤君の今後って？」

と、私が聞くと、

「その気があるかどうかは別として、俺たちと違って工藤は別格だからな。大学や社会人のスカウトだけじゃなくて、今後の活躍次第で、下手したらプロからもお呼びがかかるかもしれないだろ？　だから、余計に一条のやってることが腹立つんだよ」

まだ憎々しさを残して、牧谷君は説明してくれた。

その牧谷君の言葉は、今まで経験したことのない速さで私の頭の中を駆け巡った。工藤君がすごい選手だということは十分理解している。それは一年生の頃から知っていたし、何度も認識を改めたほどだ。でも、工藤君がプロに行く可能性を、私は頭の片隅にも入れていなかった。というより、考えないようにしていたのかもしれない。横を歩いて一緒に帰る、思いを寄せている男の子が、私の手の届かないところまで行ってしまうかもしれないという恐怖を感じるのが嫌だったのだ。

その後の授業は頭に入ってこなかった。離れた席にいる工藤君のことを見ながら、焦りや不安で胸をざわめかせながら、考え事をしていた。

野球を嫌いになるほどの努力をしたくないから、この高校を選んだと工藤君は言っていた。でも、それは強豪校で埋もれる不安を感じていたからかもしれない。出番がないまま、高校時代を無為に過ごすくらいなら、弱小校でエースとして頭角を現した方がいいに決まっている。これだけ野球に一生懸命なのだ。行く行くはプロ野球選手になることが目標なのかもしれない。

その時、私はどうしたらいいのだろう？

恋人になったとしても、私は彼のために何ができる？

分からない。

とりあえず、大学に行くことを漠然と考えているが、果たして私は、それでいいのだろうか？

そもそも、遠くに行くかもしれない工藤くんに告白してもいいのだろうか？

モヤモヤした気持ちが頭の中に立ち込めて、その日は授業だけでなく、部活も集中できなかった。


モヤモヤした悩みは工藤君のこと以外にもあった。ソフトテニス部のことだった。

私と理沙のペアは、去年と同じくベスト16に残り、県大会出場を決めていた。だが、他のペアと団体戦は相変わらずだった。私たち以外はみんな三回戦以上進んでいない。

団体戦も、私と理沙のペアだけは全勝したが、他のペアが敗れて二回戦負け。

部長に就任した責任感からか、私はこの成績に不満を持っていた。去年は先輩方がいたこともあって、心のどこかで不満は持ちつつも我慢していた。が、二年生になった今、私たちに残された時間は少ない。この大会が終わってしまえば、小規模の大会を除いて、あとは高校総体だけだ。何とか団体戦の成績も良くしたいという欲が湧いてきた。

「そんなことしたら、煙たがられるだけよ。あんた以外は、みんな仲良しこよしで部活しているんだからさ。私はあんたの恋を応援する意味も兼ねて協力してるけど、正直に話したら総スカン食らうわよ。あんたの個人的な理由に付き合う義理もないだろうし」

しかし、相談を持ち掛けた理沙には、そう一蹴された。

程度の差はあれ、部員全員、ソフトテニスが好きなのは一貫していると思う。だが、上達したいという向上心はなく、勝ち負けにこだわる部分はないのだ。女子の集団において、その部分は歯痒く思う。なまじ、ソフトテニスを一生懸命取り組もうとしている分、余計に。

しかし、私も工藤君に感化されなければ、真剣に取り組もうとはしなかった。理沙の言う通り、部員に発破をかけても、「なぜそこまで一生懸命にならなければいけないのか」と紛糾するのが目に見えている。私の個人的な感情から始まったことを正直に話すわけにもいかない。

結局、私はもどかしい気持ちを抱えたまま、何もできなかった。

当然と言えば当然の結果だが、部長に就任したにも関わらず、「仲良しクラブ」からの脱却を図って、部を導くことができない自分が情けなかった。

そして、十月下旬に行われた秋季大会の県予選。これも去年と同じ二回戦敗退だった。去年はボロ負けで、今年は接戦。去年と相手が違うのは当たり前だし、実力も去年のペアの方が上だった。接戦を演じただけでも成長の証としたいところだが、去年と同じ二回戦負けという結果が余計情けなく感じてきて、私の心を一層沈ませるだけだった。


落ち込むことはありながらも、秋季大会が終わり、体育祭や修学旅行といった学校の行事も全てこなして、十一月の中旬になってようやく、色々と忙しかったのが一段落した。その間、部室を掃除する日に工藤君と一緒に帰るのは欠かさなかったが、居残り練習に一条君がいるのは億劫だった。馴れ馴れしいのは全く変わらない。工藤君の調子は落ちていく一方だし、私が彼のことを苦手なこともあって、居残り練習をやめて欲しいと言いたかったが、ストレートに言うのはためらいがあって、それらしい

「断り文句」を見つけられず、言い出せなかった。もっとも、牧谷君が注意しているのにも関わらず、居残り練習をやめようとしない一条君に、私が何を言っても無駄だろうけど。

工藤君と一緒に帰るときの話題は、半分は学校について。半分は野球のことだった。前々から気になっていることも含めて、私は質問攻めした。

任されている打順は四番。去年は六番。持ち球はストレート、スライダー、チェンジアップ。尊敬している野球選手は桑田真澄投手。野球を始めたのは小学三年生。弟が一人いて、兄弟そろって野球をやっている。応援している球団はないけど、お父さんは阪神ファン。久しぶりに優勝した年は大喜びしていたらしい。

野球のことでもいい。とにかく工藤君のことを知りたくて、しょうがなかった。

季節は廻り、十二月のある日。

そろそろ、大掃除の時期が迫ってきたので、部室の掃除は適当に切り上げた。自主的にしていることなので、手を抜いたところで誰かにとやかく言われる筋合いはない。

部室の鍵を返しに行って、私はグラウンドの方に足を向けた。しかし、いつもは二人残っているグラウンドに、今日は一人しかいなかった。身長からして工藤君ではなく、一条君らしい。シャドーピッチングをするでもなく、携帯電話をいじっている。

暇そうにしているなら、さっさと帰ればいいのにと、心の中で悪態をつきながら、工藤君はどうしたのか聞くために、私は一条君に近づく。

「こんにちは」

わざと他人行儀な挨拶から入る。

「よお、杉山」

一条君はニカッと笑いながら、手を挙げる。

「工藤君は？」

「あいつなら、練習終わりに監督に呼ばれたよ。来週、監督の親戚の結婚式が九州であるらしいから、監督がいない間の練習メニューを工藤に教えてんじゃねぇの？」

笑顔から一転して、興味なさそうに答える一条君。

キャプテンに任命されたから、監督不在の間は工藤君が主体になるのは当然だろう。一時的とはいえ、工藤君も大変だなと同情する。

「なあ、杉山って、何で工藤と一緒に帰ってんの？」

探るような視線で、一条君がニヤニヤしながら私の顔を覗き込む。それは前に答えている。なぜ改めて聞くのか不思議だった。

「それは部室の掃除をしているから、工藤君と帰りが一緒になるだけで……」

「工藤と一緒に帰りたいから、部室の掃除をしてるんじゃないの？」

核心に迫る一言を私にぶつける。一条君はまだニヤついていた。

苦手とはいえ、だいぶ一条君の軽薄な態度にも慣れてきて、押し黙ったりどもったりすることもなくなったのだが、さっきのような、私の心の内を探ろうとする問いには吐き気すら覚えて、何も言えなくなる。

「工藤のこと好きなの？」

こいつにだけは知られたくない。でも、否定しても蝮のようにしつこく追及してくる。ニヤけた彼の顔がそう語っているような気がした。結局、表情に出やすい私が何を言っても見透かされると思って、押し黙ることしかできなかった。

やがて、一条君は私の顔を覗くように見るのをやめ、カバンを肩にかけて踵を返した。

「俺、帰るわ。工藤とシャドーピッチングできないなら、残っても意味ないし。工藤が聞いてきたら、帰ったって言っといて」

「じゃあな、杉山」と私に言い残して、一条君は帰っていった。私は茫然と立ち尽くす。さっき、彼が覗き込もうとしたのは私の顔ではない。私の本心だ。それに気づいた時、勝手に心の内を探ろうとする彼の視線がまだ脳裏にこびりついて、体のいたるところから、寒気が走った。

しばらく不快感のせいで立ち尽くしていると、工藤君が来てくれた。

「待っててくれたんだ？　ありがとう」

工藤君は、私に屈託のない笑顔を見せる。

私はそれまでの不快感を洗い流すために、彼に甘えたかった。できうることなら、工藤君の胸に飛び込みたい気持ちで一杯だった。でも、恋人でもないのに、そんなことはできない。袖越しに自分の腕をさすることで、寒気を誤魔化した。

顔色の優れない私を、工藤君はずっと心配してくれたが、私は「大丈夫だから」と言うのが精一杯だった。


十二月三十日。今年も大掃除の日がやってきた。

去年は特に役割などはなかったが、今年は定期的に部室の掃除をしていて、勝手を知っている私が陣頭指揮を執ることになった。

去年は早く終わったが、今年は人数がわずかに少ない。早く終わらせるために、簡単な役割分担と手順を決めて取り掛かった。まず、各個人のロッカー内の不要物を出して整理した後、私と理沙が書類や備品の整理整頓を担当し、残りの面々に掃き掃除、拭き掃除、不要物や備品の運搬をしてもらうことになった。

その結果、大掃除をしても不要なものが多数あった去年までとは見違えるほどに部室はキレイになり、その上、今年は役割分担や段取りをきっちり決めていたおかげで、去年よりもさらに早く終わった。あとは、ゴミ捨て場へゴミ袋を持っていくだけなのだが、45ℓの袋二つだけに収まったので、先にみんなを解散させ、私が持っていくことにした。気を遣う人もいたが、そんなに重くもないし、私の指示に素直に従って早くキレイに終わらせてくれたので、先に帰らせてあげたかった。

私が両手にゴミ袋を引っ提げてゴミ捨て場まで来ると、一条君がいた。

できれば話もしたくないのだが、向こうが私に気がついて声をかけてくる。

「よお、杉山。お前もゴミ捨て？」

ヤンキー座りで携帯電話をいじっている一条君に対して、私は顔をしかめる。

工藤君が去年言っていたが、誰も掃除などをしないので、野球部の部室は凄まじいことになっているらしい。実際、去年も今年も悪戦苦闘している上に、段取りも役割も決めていないので、傍から見てグダグダな状態で掃除しているのが分かる。こんなところでサボっている暇などないはずだ。

「テニス部はこれで終わり。それより、早く戻ったら？」

蔑む視線を送りながら、今日の気候と同じような冷え切った口調で私は窘める。

しかし、一条君はどこ吹く風と言わんばかりにこたえていない。

「あれだけ人数がいてもしょうがねぇって。トイレにでも行ってたって言えば、誰も怪しまないし」

一条君はカラカラと笑いながら、悪びれる様子もなく、平然としている。

私は、一条君の認識を「嫌な奴」から「最低な人間」に格下げした。練習も真面目にしない。工藤君の邪魔はする。部室の掃除はサボる。牧谷君があれだけ憎しみを募らせた愚痴を言うのも理解できる。

私はゴミ袋を雑に投げ捨てると、一条君を見下ろすように彼の前に立つ。

「それでも、せいぜい十分くらいが限界じゃないの？　あとで牧谷君に文句言われても知らないから」

「あぁ〜牧谷かぁ。確かにあいつ、うるさいからなぁ。そろそろ戻るか」

大げさに空を仰いだ後、大儀そうに立ち上がって、一条君は歩き出した。

「じゃあ、牧谷に文句言われる前に戻るわ。あ、言い忘れる前にこれだけ。良いお年を」

お前から良いお年をと言われたら、小さな幸運も逃げてしまうような気がする。縁起でもない。

すれ違いざまに言ってきた一条君に、私は心の中で悪態をついた。来年は受験に向けて、頑張らなければいけないというのに最悪だ。

ゴミ捨て場を離れた後、私は荷物を取りに戻って、部室の鍵を閉め、嫌な気分で帰った。去年と同じく、工藤君と牧谷君には挨拶はしなかった。

まさか、本当に来年が嫌な年になるとは、この時は本気で思ってはいなかった。

年賀状は相変わらずだった。今年も工藤君から来たのは、実家の和菓子屋の顧客向けに送る宣伝用のものだった。去年は可笑しかったので吹き出したが、二年連続で素っ気ないものが届くと流石に落ち込む。返ってくるだけマシだが、年賀状を書く暇もないのかな、工藤君の手を煩わせているのかもしれないのかなと思うと、悪いことをしている気分だった。

そのまま冬休みが終わり、また忙しない三学期がやってきた。今年はクラスが一緒ということもあって、事前に工藤君には「部室を掃除できないから、時間を合わせて帰ることができない」と一言断っておいた。「たぶん、そうなんじゃないかなと思っていたんだよ」と、工藤君は頭を掻きながら、去年の「意地悪」を思い出し、バツの悪そうな顔をしていた。

当分の間、工藤君と一緒に帰らずに、二月の中旬を迎えた。

去年は一週間遅れで工藤君にバレンタインチョコを渡したが、鍵の当番を計算すると、今年は三日遅れで渡すことができる。ウキウキした気持ちで、私はチョコレートを買った。告白することすら迷っているが、贈り物をするのは気持ちが弾む。今年も手作りではないが、洋菓子好きの工藤君が喜んでくれるのを容易に想像できるからだ。なお、去年は姉に買ってくれるよう頼んだが、「今年も手作りを渡さないの？」と小言が飛んでくるのが分かっているので、時間を見つけて一人でデパートに行った。

そのバレンタインデー当日。今年も私と理沙の二人で、男子ソフトテニス部に義理チョコを渡しに行った。

去年と同じ顔が渡しに来たので、私と同学年の部員たちは、今年も何か言われるのではないかと慄いている様子だったが、理沙は終始無言だった。

「何も言わなくて良かったの？」と私が聞くと、

「お返しなんか期待してないもん。むしろ、去年は私を出汁にした先輩たちを恨んでたくらいよ。二年連続で憎まれ役なんかゴメンだわ。今年は付き合いで来ただけ」

と素っ気なく返してきた。やっぱり、去年の脅し文句は嫌々言っていたらしい。

ただ、理沙が来るだけで、同学年の面々には十分〝脅し〟になったらしい。嫌なら来なければいいものを、義理堅く頭のいい理沙らしく、自分の役割を心得ていた。

その三日後。牧谷君は例年通りバレンタインデー当日にせびってきたので、既に渡していた。あとは工藤君だけだ。大掃除以来となる部室の清掃を終わらせて、私はグラウンドに向かった。二学期の時と同じように、一条君がシャドーピッチングをして、工藤君が一条君のフォームをチェックしている。

工藤君も暇じゃないんだから、いい加減にしろと言いたいのをこらえ、私は二人に近づく。

「よお、杉山」

意外にも、一条君の方が先に気がついて、声をかけてきた。それに続いて、工藤君も手を挙げて挨拶してくれる。

そして、一条君は私に手を差し出す。

「何？」

私は顔をしかめる。まさかとは思うが、チョコレートをせびるつもりだろうか？

「バレンタインチョコ。まだもらってない」

一条君はニコニコと笑顔を見せて、予想通りチョコを要求してきた。

あまりの図々しさに、私は眩暈を起こして、卒倒しそうになった。

牧谷君や男子ソフトテニス部や工藤君にチョコをあげるのは、あくまでお世話になっているのと、私があげたいと思うからチョコを渡すのだ。牧谷君もせびってくるが、お互い憎まれ口こそ叩くものの、私が「嫌い」という感情を持っていないから渡している。それなのに、一条君は自分も貰えるものと明らかに勘違いしていた。

「悪いけど、用意してないの」

妥当な断り文句だと思って、ぴしゃりと言い放つ。

「一個も残ってないの？」

それでも、一条君は未練がましく諦めずに聞いてくる。

「一個も」

無用な押し問答で時間を浪費したくない。私は強調するように言う。

「だとさ、工藤。残念だったな、俺達にはチョコをあげないんだとよ」

それまで黙っていた工藤君に向き直り、一条君は残念そうな表情を見せる。工藤君は少し驚いた表情で私の顔を見てきた。

「違う！」と大声を上げそうになったが、寸前のところでやめた。

一条君のペースに乗せられてはダメだ。この前、彼は私に工藤君のことが好きなのかと聞いてきた。冷やかしたり茶化したりするのが目的なのかもしれない。どうせ一条君とは校門で別れる。工藤君の分は帰り道で渡せばいい。

「工藤、帰ろうぜ。チョコがないんだったら、やる気も出ないし」と、私への当てつけのように一条君が嫌味を吐いて、私たちは歩き出した。

「チョコ、誰かに渡したの？」『本命は用意したの？』

最初に会った時よりも、もっとデリカシーのない質問が一条君から飛んできたが、私は腹立たしい気持ちを持ったまま、全部無視した。

校門までの我慢だ。そう思ってずっと押し黙っていたが、どういうことか、一条君は私たちと同じ方向を歩き出す。

「何でついてくるの？」

思わず声を荒げながら私は聞く。正直、これ以上一緒にいるのは我慢できない。

「こっちに用があるんだよ」

私が声を荒げたことを気にする素振りも見せず、一条君は平然と答える。

もう最悪だ……。

帰り道で工藤君にこっそり渡そうと思ったのに、それもできないというのか。

一条君はその後も一方的に喋り続け、私はずっと押し黙り、工藤君は曖昧な相槌しか返さなかった。それでも、一条君は気にする様子もない。

やがて、工藤君との分かれ道に差し掛かり、「じゃあね」と普通に挨拶して別れた。

工藤君はいつもと変わらない様子だったが、心なしか背中は寂しげだった。

それもこれも、私の横を歩くこいつのせいだ。この先は住宅街ばかりで、こんなところに用事など作れないはずだ。

「何でついてくるの！」

我慢が限界に達し、怒声を一条君に浴びせる。

「だから、お前に用があるから、こっちに来たんだよ」

「私には用はない！」

怒りが頂点に達して、私は涙声で叫んだ。早歩きで一条君から離れようとする。

彼はそんな私の手を掴む。

「そんなに俺のこと嫌いか？」

「嫌い！　大嫌い！　あんたなんかと一瞬でも一緒にいたくない！」

一条君の手を振りほどいて、感情に任せて今まで溜め込んでいた怒りを罵声に変えてぶちまける。

それを聞いて、一条君は悲しそうな顔を見せた。

「そっか。俺はお前のことが好きなんだけどな」

予想外の言葉に私は言葉を詰まらせる。

「初めて話をした時よりも前から、可愛いなと思って気になってたんだよ。テニスコートで練習している姿をずっと見てたんだ。工藤とシャドーピッチングをし始めたのは、それが理由なんだよ。何とか話だけでもしたくて」

普段の一条君からは見られない、恥ずかしそうな顔をしていて、私は困惑した。

好きだった？　どういうこと？　もしかして、一条君が練習に集中できなかったのは私のせい？　工藤君と居残り練習し始めたのは私が目的？　じゃあ、野球部が負けたのは私のせい？

色んな言葉が頭の中を錯綜する中、自責の念が込み上がってくる。一条君が工藤君と居残り練習を始めたのは、私が目的。工藤君が調子を落としていたのは自分のシャドーピッチングができなかったから。つまり、回りまわって私のせいで野球部は負けたのだ。

「工藤のことが好きなんだな」

頭の整理がつかない私に、一条君は尋ねる。

混乱しすぎていて、私は口を開くこともできない。

「やっぱり、キャプテンを務めて、エースで四番。ベンチにも入れない俺じゃ敵いっこないか」

寂しそうな顔をして自虐的に呟く一条君。

まだ混乱は続いていたが、彼が勘違いしているのは辛うじて分かった。私は即座に否定する。

「違う！　工藤君がキャプテンだからとか、エースで四番だからとか、そんなことで好きになったんじゃない！　工藤君の優しさや人柄に触れたから、野球に一生懸命だから好きになったの！　だから……」

その先は言えなかった。

天と地がひっくり返っても、お前を好きにならない。

どんな言葉を紡いでも、一条君の全てを否定する残酷な言葉しか出てこなくて、私は再び押し黙るしか手立てがなかった。

やがて、一条君はフッと笑みを浮かべ、

「俺、野球やめるよ。このまま最後までやっても惨めだしな」

決意を固めたように呟き、「じゃあな」と言い残して立ち去っていった。

一条君の背中が見えなくなって、ようやく私も歩き出す。頭の中は相変わらず訳が分からないまま、フラフラと頼りない足取りで私は帰宅した。

家族の前では平静を装っていたが、頭の中は混沌としていた。ベッドに入り、眠りにつく前、私は訳も分からず泣いてしまった。


次の日、私は昼休みに工藤君を呼び、人気のないところでチョコを渡した。昨日は一個もないとは言ったけど、工藤君の分はちゃんと用意していたと弁解しておいた。

「ありがとう。でも、一条には悪いことしたなぁ」

工藤君は感謝してくれたが、一条君のことを考えると、素直には喜べない様子だった。

そんな彼の様子を見ると、私も心が痛かった。

その日の部活が終わった後、私は理沙に相談があるとファーストフード店に誘った。理沙も私の様子を見て、何かあったと勘づいたらしく、二つ返事で誘いに乗ってくれた。適当な席につき、私は昨日の出来事を全て理沙に話した。姉の帰りが遅かったので、姉には相談していない。誰かに話さないと、押し潰されてしまいそうだった。

「あんた、本気で自分のせいだと思ってんの？」

私が話し終わった後、理沙は眉をひそめて、信じられないといった顔をする。

「だって、私が目当てだったっていうし、工藤君が調子を崩したのはシャドーピッチングができなかったからかもしれないし」

「それで、野球部が負けたのは自分のせいだと思ってんの？　誰が聞いても、あんたのせいだなんてこれっぽっちも思わないし、どう考えても一条のせいでしょ？　工藤君のことが好きなあんたを振り向かせるために、工藤君の調子を狂わせて幻滅させようとしたのよ？　やり方が汚いわよ」

「でも、私のことを好きだっていうのは本当みたいだし、悪いこと言っちゃったなと思って……」

「それも気にする必要ないって。本当のことを言っただけじゃない。なーにが野球をやめるよ。女々しいったらありゃしない。同情してもらえば女が振り向いてくれると思ったの？　馬鹿馬鹿しい。自分の性格をまず直しなさいよ」

　頬杖をつき、不機嫌さを最高潮にした仏頂面で、理沙はホットココアを一口啜り、俯いている私の顔をじっと見据える。

「明日香、本当に気にしちゃダメよ。前々から好きだったっていう言葉も眉唾ものだし、お調子者の牧谷があそこまで怒り狂うロクデナシなのよ。あの男のことは忘れて、むしろ邪魔者がいなくなったと思って、工藤君と仲を深めることだけ考えてればいいのよ」

私が相当思い悩んでいると見受けて、理沙は真剣な表情で諭すように言った。

私はこくりと頷いたが、一条君の思いを無碍にしたようで、心に靄がかかったままだった。彼の真意がどこにあるかなど考える余裕はなかった。

その数日後、昼休みに牧谷君を捕まえた。牧谷君によると、私に告白した翌日に、一条君は本当に野球部を辞めたらしい。

「一条の奴が辞めてせいせいするぜ。できれば、一学期が終わる頃にさっさと辞めてくれりゃ、もっと良かったんだがな。21世紀枠も本気で狙えたのによ」

愚痴を並べつつも、すっきりした表情を見せる牧谷君。

気忙しい三学期のせいで知らなかったが、センバツの出場校は既に決まったらしく、21世紀枠にウチの野球部が選ばれなかったというのを、この時初めて知った。

牧谷君にも、工藤君のことが好きといったワードは避けて、一条君とのやり取りをかいつまんで話した。野球部の勝敗が私にも遠因がある以上、野球部の誰かにも言っておかないといけないと思ったからだ。

「お前が気にすることじゃねぇよ。俺たち野球部が何とかしなくちゃならなかったんだ。一条のバカが言いそうなことだよ。どこまでも自己中心的な奴だぜ。そうやってお前を傷つけようって魂胆なんだ。絶対真に受けるなよ」

理沙と同じように、牧谷君も諭すように私に忠告してくれた。傍から見て、私はかなり思い悩んでいる様子だったらしい。

「工藤君は、一条君が辞めてどんな様子なの？」

教室ではいつもと変わらない雰囲気だったが、私はそれが気になってしょうがなかった。キャプテンとして何か責任を感じていたら嫌だからだ。

「誰であれ、部員が辞めちまったことに、やっぱ責任感じてるみたいだけどよ、あいつが悪いわけでもないんだから、気にすんなって言い続けてるよ。ま、それも心配すんな。俺たちが工藤を元気づけてやるから」

牧谷君は笑顔を見せる。

理沙と牧谷君の二人に事情を話して、ようやく靄が晴れていく気分だった。

でも、私が工藤君の不調の遠因だったという自責は、どうしても消えなかった。その事を当分の間は引きずっていた。そして、21世紀枠に選ばれなかった事実は、私をより暗い気持ちにさせる最悪の知らせだった。

三年生を送り出し、数週間後のホワイトデー。

牧谷君、工藤君からそれぞれバレンタインチョコのお返しを貰った。

一条君からの思いがけない告白をされた日から、当分の間は気持ちが塞いでいたが、春の陽気に合わせて徐々に持ち直しつつあった。

「今年が最後かもしれねぇからな」

そう言って、牧谷君は市販ではあるが、去年より高いチョコレートをお返しとして渡してきた。

これまでお返しを用意しなかったので、今までのことを考えると、こんなもので釣り合うわけがないのだが、それでも、まともにお返しをしてくれたのは意外だった。

工藤君からは最中《もなか》をお返しとして貰った。

去年、私がリクエストしたこともあり、お返しの最中は工藤君の実家の和菓子だった。和柄の包装紙に包まれ、箱に入った四個入りのうち、半分は姉にあげた。去年、チョコレートを買ってくれたお礼を忘れていたので、一年以上経ってようやく返礼することにした。

「これ、美味しいわね」

私から最中を貰い、包装紙を開けて一口食べた姉が感嘆の声を漏らした。

以前食べたどら焼きもそうだったが、甘すぎず、上品な味で、しかも中には餅が入っていた。

「そういえば、去年、もっといいお返しをしてもらうって言ってたけど、このことだったのね。いや、これは二年分のお返しになるわ」

納得したように頷く姉だが、こんなに美味しいお菓子を貰って、今年は私の方が釣り合わないことに、少し懺悔の気持ちがあった。工藤君には、一緒に帰った時にお礼を伝えた。

ホワイトデーが終わり、そのまま何事もなく春休みが過ぎて、四月を迎えた。

私と工藤君と理沙は、また同じクラスだった。

文系で日本史を選択していて、私立大、専門学校、就職を目指している生徒で構成されているのが、うちのクラスらしい。私と工藤君はともかく、理沙は優秀なので、国公立でも目指せばいいのだが、早く自立したいらしく、就職を目指すつもりらしい。

入学式から数日後、今までこれといってソフトテニス部の部長らしい仕事をしてこなかったが、新入生向けの部活紹介の際に、大勢の前でプレゼンすることになった。さすがに一人だと心細いので、理沙も一緒に舞台に立ってもらう。原稿用紙を用意して、活動内容と実績を言うだけなのだが、今まで二百人を超える人数の前に立つ経験がなかったので、極度に上がって噛みまくってしまった。交代で理沙と半分の内容を喋ったのだが、私とは対照的に理沙はスラスラと原稿の内容を述べていた。どんな時も冷静な理沙が一緒にプレゼンしてくれて、本当に良かったと実感した時だった。二人揃って噛みまくっていたら、格好がつかなくて入部してくれる人数も減っていたかもしれない。

四月の下旬。三年生になって、工藤君と一緒に帰るのは二回目のある日。話題は自然と部活動紹介の時のことになった。

「もう凄い緊張したよぉ～。あんなに大勢の前で喋ったことなんかないから、足が震えちゃった。理沙ちゃんが横にいて本当良かったぁ～」

「もう二度とやらない」と疲れた表情を見せる私に工藤君は苦笑する。

「俺も緊張したよ。野球部の番が来るまで心臓バクバクだった」

「えぇ～。全然そんな風に見えなかったよ。私と違って、工藤君は全然噛まなかったし」

野球部からはキャプテンの工藤君一人だけが出席し、終始落ち着いた様子で活動内容を喋っていた。まだ私は理沙が横にいるだけマシだったが、一人だけであんな大勢の前で落ち着けるのは凄いなぁとずっと感心しきりだった。

「とにかく、ゆっくり落ち着いて喋れと、牧谷からアドバイスを貰ったおかげかな」

「ああ、なるほど」

明るくお調子者の牧谷君は、普段からクラス会の司会など、大勢の前に立つことに慣れていたため、そういった心得があるのだろう。私も牧谷君からアドバイスを貰えば良かった。

「今年はテニス部、何人入った？」

去年は私の方から振った話題だが、今年は工藤君から話しかけてきた。

「六人だった。ちょうどいい人数かな。団体戦であぶれることもないし、奇数だったらペアを組めない子が出てきちゃうから。そっちは？」

「十四人だったよ。多くもなく、少なくもなくって感じかな」

「そっか。でも、最後の大会でベンチに入れない子が出るよりいいんじゃない？」

そう返した後、私は思い出したように「あ」と声を漏らす。

「そういえば、今週、県大会だよね？」

この前、一緒に帰った時に、春季大会の地区予選を突破したと聞いていた。

一条君が退部してから、工藤君も自分の練習に専念することが出来たのか、本来の調子を取り戻し、九回まで無失点で投げ切る日もあったそうだ。

「うん。あとはこの大会と夏の大会だけだからね。悔いのないように頑張るよ」

工藤君がやる気に満ちた目をこちらに向けた時、ふと思った。

ああ、そうか。工藤君とこうして一緒に帰るのも今日で終わりかもしれないんだ。

来週のゴールデンウイークに高校総体の地区予選が始まる。勝負は時の運とよく言われるので、まだ確定ではないが、団体戦で県予選に行ける見込みはない。私と理沙が個人戦で県予選に行けても、他の部員は引退し、部長を引き継がなくてはならない。部室の掃除も、後輩たちを甘やかしたくないので、当番制にして私は関わらないつもりだ。工藤君と一緒に帰る口実はなくなってしまう。

ふいにその事実に気づいてしまって、私は胸が締め付けられる感覚だった。もっと早く気づいていればと、今更後悔する。

「じゃあ、杉山、また明日」

分かれ道に来て、工藤君は一言挨拶して横断歩道を渡ろうとする。

「あ、待って」

最後かもしれないと思うと、途端に名残惜しくなって、私は思わず工藤君を呼び止めるが、何も言葉が出てこない。それどころか、何を言いたいのか、自分でも分からないくらいだった。

そんな私を工藤君は不思議そうな顔で見ていた。

「何でもない。また明日」と言って、私は自分の帰り道を歩いた。

思いを告げちゃいけない。

野球に集中している工藤君に雑音を入れてはいけない。

私は言い聞かせるように、心の中で呟いた。

そう呟くたびに、胸が痛かった。

私の予想通り、高校総体の地区予選は、私と理沙のペアだけがいつも通りベスト16に残り、県予選に進出した。他のペアも団体戦も二回戦敗退。ただ、団体戦はくじ運が悪く、二回戦で強豪校に当たってしまったので、私と理沙のペアも負けて完敗。

こうして、私と理沙だけは部に残ることになったが、部長職は晴れて後輩に引き継ぐこととなった。同時に、工藤君と一緒に帰る口実もなくなった。

野球部の方は善戦していた。県大会のベスト8という、四十年ほどの歴史があるウチの野球部で最もいい成績を残した。というのを工藤君からのメールで知った。

「それだけに秋の大会が悔やまれるよなぁ」

工藤君と一緒に帰る機会をなくし、例によって牧谷君を捕まえて聞き出していた。

工藤君は、投げてはどの試合も2失点以内に抑え、打ってはホームランを打つなど、投打でチームを引っ張ったらしい。確かに牧谷君の言う通り、この成績を秋の大会で残していれば、「もしかしたら」というのはあったかもしれない。選ばれること自体が難しいことなのだが、可能性はもっと高まっただろう。一条君が邪魔しなければという思いが、私にも牧谷君にもあった。

六月の中旬。それまで工藤君と大きな進展もなく、そろそろ県大会も近づいてきたという時期に、席替えが行われた。公平にくじ引きで決められるのだが、なんと工藤君と隣の席になってしまった。

同じクラスになった時よりも、高く飛び跳ねそうなくらい嬉しかった。席が近くなることはあっても、隣になることは今まで一度もない。ちょうど何か接点が欲しいと思っていたタイミングだったので、僥倖とはこのことかと、普段から神様など信じない私は、その時だけ心の中で平伏して感謝した。

「杉山、よろしく」

「こちらこそ、よろしく」

にこやかに挨拶してくれる工藤君に対し、私は顔が赤くなってないか、気になってしょうがなかった。授業中は、隣にいる工藤君を意識しすぎて、内容が頭に入ってこない。

「最近、帰りが一緒にならないけど、何かあったの？」

休み時間になると、工藤君がそう尋ねてきた。そういえば、まだ事情を話していない。

「一か月前に、私と理沙ちゃん以外はみんな引退しちゃったの。部室の掃除を当番制にして、後輩たちにやらせてるから、工藤君と時間が合わなくなっちゃった」

部長職の最後の仕事として、部室の掃除の当番制を導入した。大きなブーイングは来なかったが、後輩たちは、やや不満顔だった。

「そっか。寂しくなるなぁ」

工藤君の何気ない一言に、少しドキッとしてしまった。

他意はないのかもしれないが、私と同じ気持ちだとしたら、嬉しさの反面、照れが出て緊張してしまう。

「工藤君、ペンを持つのは右なんだね」

前々から気になっていたので、少しドギマギしながら、そう切り出した。携帯電話のアドレスを書いてもらった時にも気づいたことなのだが、こうして話のネタにするのは初めてだ。

「俺の祖父ちゃんが古風な人で、右利きに矯正しろって、うるさかったんだよ。だから、ペンも箸も右で持たされたんだ」

「すごく大変だったんじゃない？」

「幼稚園の頃は大変だったね。でも、慣れてしまえばどうってことないよ。その気になれば、左手でペンも箸も持てるけど、なんか気持ち悪くて右の方がしっくりくるんだ」

「左手でもスラスラ書けるの？　試しに両方の手で書いてみてよ」

そう言って、私は適当な大学ノートを渡す。

「いいの？」と聞いてくる工藤君に、

「どうせ使いきれないから」と適当に言い訳した。

「書けるけど、右手の方が早いかな」

そう呟きながら、工藤君はさっきの授業内容を適当に書いている。

「いいなぁ。両手が使えたら、黒板をノートに写す時も人より二倍早くできるね」

何気ない一言だったが、工藤君は一瞬キョトンとして、今気づいたと言わんばかりに「あぁ〜」と声を漏らす。

「その発想はなかったなぁ。何で今まで気がつかなかったんだろ？」

「工藤君、今気がついたの？」

「うん。高校三年生になって初めて気がついた。あ、でも、試しにちょっと書いてみたけど、ノートを押さえる手がないから意外と書きづらいし、別々の内容を書くの難しいよ。どっちかの手が止まっちゃう」

「じゃあ、頭が二つに腕が四本ないとダメだね」

「それ、もう人間じゃないし、右利きとか左利きとか関係ないよね」

工藤君がそうツッコむと、私たちは周りを気にしながら、クスクスと笑った。

一緒に帰ることができなくなった代わりに、こういった何気ない会話を工藤君とすぐできるのは、とても幸せだと思った。


六月の下旬。高校総体の県予選が行われ、私と理沙は三回戦で敗退した。高校生活最後の大会は、今までで一番の成績を残して有終の美を飾った。

大して運動神経も良くない、テニスのセンスや才能があるわけでもない自分がここまでやれたことに、ある程度満足していた。越えらない壁はあったが、それなりの努力は続けてきたつもりなので悔いはない。

これで終わりなんだという寂しさは感じていたが、あまり涙は出なかった。むしろ、大変だったのは理沙の方で、会場を出てから鼻を啜りだし、顧問の先生が運転する帰りの車の中でボロボロに泣き崩れてしまった。普段から感情を見せない彼女にしては珍しい光景だった。

「ありがとう、明日香。明日香が誘ってくれなかったら、テニスがこんな好きだったんだって気づかなかった……」

しゃくり上げて、途切れ途切れに言葉を紡ぎながら、理沙は私にずっと感謝していた。

高校で顧問と別れ、泣き続ける理沙を宥めながら、彼女を家まで送った。

その道中、泣き続ける理沙をずっと宥めていると、私も零れる寸前まで涙が溜まり、景色が滲んで見えた。私も理沙とペアを組めたことは、本当に良かったと思っている。

「私の方こそ、ありがとう。理沙ちゃんがペアで、とても心強かったよ」

理沙の家まであと少しというところで、笑顔で私も感謝を伝えると、それを聞いた理沙は顔をくしゃくしゃにし、私の胸に顔を埋めて、泣きじゃくってしまった。その後も理沙が泣き止むことはなく、幼い子をあやすように、ゆっくりとした足取りで、彼女を家まで送り届けた。

しかし、理沙がしおらしかったのはその時だけで、翌日の月曜日になると、遅めに登校してきて、「ちょっと顔を貸せ」と私の首根っこを掴んで人気のない廊下に連れ込んだ。

「私がボロ泣きしたこと、誰にも言わないでよ。卒業まで絶対よ。言ったら絶交だからね」

頬を膨らませ、少し顔を赤らめながら、私にそう脅しをかけた。

相手が誰であろうと、あれだけ泣きじゃくった姿を見せてしまったのは理沙のプライドが許せないらしく、あまりの迫力に私は頷くしかできなかった。

私が首を縦に振るのを確認すると、理沙も大きく頷いた。

「よし。じゃあ、帰るわ」

そう言って、教室とは別方向に歩き出した。

「え？　帰るの？」

あまりにも意外過ぎる行動だったので、私は驚いた。

「当たり前でしょ？　目は充血してるし、瞼は腫れぼったいし、こんなみっともない姿で授業なんか受けられるわけないじゃん」

「じゃあね」と背中越しに言い残して、理沙は帰っていった。

みっともないと思うなら、メールで釘を刺せばいいのにと思ったが、直に会って確約を取りたかったらしい。

嵐のようにやってきて、嵐のように去った理沙に茫然としていて、私は予鈴が鳴るまでその場に立ち尽くしていた。


「相川さん、どうしたの？　席についてないけど……」

私が理沙に連行される現場を見ていたからか、一時間目が終わった休み時間に、工藤君が不思議そうな顔で尋ねてきた。

早速、約束を忘れて、昨日の大会の後、理沙が大泣きしたことを言いそうになったが、

「昨日、最後の大会だったから、ちょっと色々あって」

と、ぼかして説明した。

「昨日が最後の大会だったの？　俺、何も知らなかった」

そういえば、席が隣になったのに、工藤君には一言も話していなかった。もっとも、最後の大会だと伝えたところで、野球部の練習で忙しい彼が、会場まで応援に来てくれることはなかっただろうけど。

「うん。何も言ってなくてごめんね」

私の声は少し寂しげだったかもしれない。部活を引退したことの寂しさなのか、日ごろの練習の成果を工藤君に一度も見せることができなかった寂しさなのかは、よく分からなかった。

そんな寂しさを悟られないように、私は話題を変えるため、工藤君に尋ねる。

「工藤君は夏の大会、いつだっけ？」

本来なら受験勉強に頭を切り替えなければいけないのだが、部活を引退して身軽になったのだ。一度も工藤君の試合を観に行ったことがないから、この機会に彼のプレーする姿を見ておきたい。

「来週の日曜だよ」

「いよいよ集大成だね」

「うん。全力で頑張るよ」

「私も観に行っていいかな？」

「もちろん。場所はトーカロ球場。十三時プレーボールだから」

恐る恐る尋ねる私に、工藤君は快く返事をしてくれた。

忘れることはまずないだろうが、私はノートにメモした。家に帰ってからも、新聞をチェックして、時間と場所を忘れないように、念には念を入れた。這ってでも観に行こうという気持ちだった。

その当日の日曜日。

梅雨の晴れ間で、天気は快晴。

早めに昼食を食べて、三十分前には球場に着くように家を出ようとしたが、姉が呼び止めた。

「あんた、その格好で行くつもり？　いくら準備する時間がなかったからって、制服で行くことないじゃない」

呆れた様子で私の全身を見回す。

私と理沙が県大会まで行ったせいで、例年より一か月半遅い慰労会が土曜日に行われた。一次会が終わった後も、理沙と二人だけで二次会をしたので、一日丸つぶれだった。

午前中に服を選ぼうとしたが、どれもこれもピンと来ず、結局、制服で行くことにした。姉が懸念しているのは、制服だと色気も何もないからだろうが、私服で行って私だと気づかれないのも嫌だし、野球部が勝ち進んでいけば、そのたびに何を着ていくか悩まなければならない。先を考えると、かなり面倒だった。それに、高校野球の観戦をする女子高生たちをテレビで見たことはあるが、制服で観戦している子もいる。場の雰囲気から浮くことはないはずだ。

「これでいいの」と半ば強引に姉を振り切って、私は家を出た。

球場のある公園は、幼稚園や小学生の頃に何度も遠足などで足を運んだことがあるので、迷わなかった。そのため、予定通り試合開始三十分前に球場の前に来ることができた。私の高校は一塁側だという案内が出ていたため、五百円を払って一塁側のゲートから入る。一塁側からだと、サウスポーである工藤君の顔を見ることができるため、得をした気分だった。

座席の前の方は人が多く、中段の適当な所に座る。一人で、しかも初めて野球観戦をするので、妙に心細かった。野球観戦に詳しい人が横にいればどんなに心強いだろうと、この期に及んでないものねだりをしてしまった。

十三時になり、けたたましいサイレンが鳴り響き、両校の野球部が整列して礼をする。先攻はウチの高校で、一番バッターがバッターボックスに立つと、審判が手を挙げて「プレーボール」と声を張り上げる。試合開始だ。

一回の表。早くもウチの高校は、先制するチャンスを作った。一番バッターが四球を選んで塁に出ると、二番が定石通り送りバントを決めて走者を二塁に進塁させる。三番はセカンドゴロに倒れたものの、走者を三塁まで進ませた。絶好のチャンスで工藤君に打席が回る。

「工藤君、頑張れー！」

それまでのバッターは黙って見ていたが、工藤君がコールされると、私はお腹の底から大声を出し、声援を送った。

初球を見送り、ワンボールからの二球目。工藤君はボールを弾き返し、センター前ヒットを放った。

「やったー！」

工藤君が打った瞬間、私は思わずガッツポーズをしてしまった。恥ずかしさなどは感じておらず、工藤君がヒットを打つ姿を、この目で初めて見られたことの嬉しさが勝っていた。

その後の五番がボールを打ち上げてしまい、サードのファールフライでチェンジとなってしまったが、一点を先制し、幸先のいいスタートだと思った。

その裏の守り。工藤君の立ち上がりは悪くなかった。二死まで来て、三番バッターにライトへヒットを打たれたものの、続く四番バッターをサードゴロに仕留め、無失点だった。その後は、ほとんどランナーを背負うことはなく、圧巻のピッチングで得点を与えなかった。

しかし、相手側の投手も譲らず、ランナーを背負っても追加点は許さなかった。一度だけチャンスで工藤君に打席が回ってきたが、一球もストライクが入らず、四球で歩かされて勝負をさせてもらえなかった。一回の表にもぎ取った1点以外、スコアボードに全て0が並び膠着したまま、ゲームは進んでいった。

試合が進むごとに、暑さで頭がボーッとしてくる。ハンカチで汗を拭っているものの、次から次へと汗が噴き出て、ぐっしょりと湿ってきた。唯一、工藤君が投げる時や打席に立つ時は、見入ってしまって汗を拭うことは忘れていた。それでも、観戦している私たちより、工藤君をはじめとする球児たちの方がよっぽど暑いだろう。あれだけ長い時間練習していることもあって、両校とも最後まで集中力を切らしていなかった。

スコアは1対0のまま、最終回。

九回の裏のマウンドも工藤君が立っていた。ここまでで相手に出塁を許したのはわずかに三回。そのうち二回は味方のエラーと内野安打。きれいに外野へと運ばれたのは初回のライト前ヒットだけ。二塁も踏ませない圧巻の無四球ピッチング。ここまで来たら、エースの工藤君に全てを託そうということなのだろう。1点だけの、しかも工藤君が自分で打点を上げた1点を守り切って、九回まで来た。これを抑えれば、ウチの野球部の勝ちだ。

どうか、勝たせてあげて。

私は顔中汗だらけのまま、顔の前で両手を握って、祈るような思いでマウンドを見つめていた。

相手の一番バッターが四巡目のバッターボックスに立ち、九回の裏が始まった。

工藤君が振りかぶり、第一球目を投げ込む。枠を外れてボールになってしまったが、続く二球目、三球目ともに空振りさせ、ストライクを取った。そして、追い込んでからの四球目。打者はボールをとらえたが、勢いのない打球がセンター方向へ飛んでいく。センターがきちんと捕球し、私はホッとする。まずはワンアウト。

続く二番バッターは、ワンボールワンストライクからの三球目を打ち、セカンドゴロに倒れた。これでツーアウト。あと打者一人だ。

しかし、相手も食らいつき、三番バッターがファールで粘った後の七球目を打ち、一、二塁間を抜いて、初回と同じくライト前のヒットで出塁した。同点のランナーを出してしまう。

お願い！　勝たせてあげて。

私は両手をさらにきつく握って、目を閉じる。

誰に祈っているのか見当がつかないが、野球の神様ということにしておこう。

甲子園に行って欲しいという贅沢までは言わない。

せめて、この試合に勝つ姿だけでも見ておきたい。

工藤君の最後の夏なのだ。

あれだけ野球に打ち込んで、一回戦で負けていいわけがない。

次が四番打者ということもあって、マウンドに捕手と内野陣とベンチから来た伝令の選手が集まり、話し込んでいる。

やがて、解散すると、工藤君はロージンバッグに手を伸ばし、粉を舞わせた。ある程度左手に粉がついたところで、心を落ち着かせるように大きく息を吐く。一塁にいるランナーを目で牽制してから、右足を上げ、工藤君が渾身の一球目を投げ込む。

バッターはボールを見送り、審判がストライクをコールした。続く二球目もバッターは打ちに行かなかったが、今度は枠を外れてボール。その次の三球目はバッターが振りに行き、バットに当てたが、三塁側のスタンドに入りファール。これでワンボールツーストライク。あと一球で終わりだ。

汗が滴り落ちているのは分かっていたが、拭おうとはしなかった。マウンドにいる工藤君の一挙手一投足を目で追い続けている。

そして、工藤君が一塁ランナーを目で牽制した後に投じた四球目。相手の四番バッターはバットを振り抜く。甲高い金属音を残して、打球が打ち上がった。

慣れていないこともあって、見失いそうになるが、打球がレフトに行ったことは辛うじて分かった。

レフトは牧谷君。

お願い！　取って！

声として出たのか、心の中で叫んだのか、どちらなのか定かではないくらい、牧谷君の姿に集中する。

牧谷君は徐々に下がっていきながら、捕球態勢に入った。

このボールを捕れば、ウチの野球部の勝ちだ。私は祈るようにして見つめていた。

しかし、かなり高く上がったフライのせいか、中々落ちてこない。どれくらい経ったか分からないが、時間が長く感じる。

そして、牧谷君が慌てて下がっていく姿を見た後、ガンッ！


本当に音として聞こえたのかは分からない。

だけど、レフトポールの根本に打球が当たる瞬間は見えていた。

三塁塁審もしばらく認知できなかったのか、数秒経ってから、腕をぐるぐる回す。

ホームランだった。

打った相手側の四番バッターも唖然としていた。

何が起きたのか頭が追い付かず、私は石像のように固まる。

さっきまで滝のように汗をかいていたのに、一瞬でピタッと止まったように感じた。

気温は暑いはずなのに、暑さを感じなかった。凍り付いて、うすら寒ささえ感じる。

工藤君に視線を移す。

他の部員は膝から崩れ落ちて、茫然としている。そんな中、工藤君はマウンドに立ったまま、レフトの方をじっと見ていた。

顔はどう形容していいのか分からない。悔しさも悲しさも感じさせない、しかし、無表情とは言えない、晴れやかとも言えない、本当にどう表現したらいいのか分からない複雑な表情だった。

四番バッターがダイヤモンドを一周してホームインすると、相手の野球部はベンチから選手が出て、整列しようとしていた。

それに気がつくと、工藤君は他に泣き崩れている部員たちに声をかけ始める。きっと、整列しようと声掛けしているのだろう。キャプテンとしての責務を全うしようとする工藤君の姿を見て、私は胸が押し潰されるようだった。

負けた事実を受け入れられないのか、ウチの野球部の整列には時間がかかった。ようやく、全員が揃って礼をした。

握手の時に、工藤君が相手の選手に一言声をかけて、ベンチに引き上げる。泣き続ける部員たちに声をかけながら、一人の部員とキャッチボールを始めた。

相手側の高校は、逆転勝利に喜んでいるようだったが、私は見ないようにした。見たくなかった。

グラウンドには整備の人しかいなくなり、観客も出入口に消えていったが、私は動けなかった。観客席に人を確認するのが億劫になる頃に、ようやく私は座席から立ち上がる。自分が歩いているのか認知できないほど、頭の中は真っ白で、誰もいないはずなのに、誰かに手を引かれているか、背中を押されているような感覚だった。

ゲートを出ると、選手出入口で泣き崩れている野球部のみんなが見えた。

私は離れた場所から虚ろな目でその光景を見つめる。

工藤君を見つけた。

号泣する牧谷君の肩を支え、必死に宥めている。

私は立ち尽くしたまま、その姿をずっと見ていた。

やがて、工藤君がこちらに気づき、私に笑顔で手を挙げた。

私もつられて、弱々しく手を挙げる。

その後は覚えていない。

どうやって家に帰ったのかも、どういう道順で帰ったのかも説明できないほど、記憶がすっぽり抜け落ちていた。そのまま、魂が抜けたような感覚で家に帰ると、私は何をするのかも考えず、自室に一直線に向かった。姉が顔を覗かせ、「どうだった？」と聞いてきたような気がするが、何も答えなかったと思う。部屋の真ん中にへたり込むように座って、ようやく頭が少しだけ回り始めた。

これで終わり？

信じられない気持ちで一杯だった。

信じたくなかった。勝っていたはずなのに。負けた事実を受け止められない。

頭が回り始めたとはいえ、まだボーッとしていた。同じ言葉ばかり浮かんでいく。

シーンと静かな部屋で茫然としていると、バイブ音が突然鳴った。
私は、のそのそと携帯電話をカバンから取り出す。
メールを受信していた。開いてみると、工藤君からだった。

『見に来てくれて、ありがとう。勝てなくてごめん』

文章はそれだけだった。
私は携帯電話のキーを押そうとする。
返事を書かなきゃ。

『惜しかったね』
何で？
『残念だったね』
どうして？
『今まで頑張ったね』
勝たせてあげてよ。

『勝っていたのにね』
勝っていたのに？
『勝って欲しかった』
これで終わり？
『しょうがないよ』
そんなことない。
『謝らないで』
謝って欲しくなんかない。
『立派だったよ』
だから？
『神様が恨めしいよ』
彼が何をしたっていうの？
『これで最後なの？』
もっと野球をする姿を見たかった。

色んな言葉が浮かんでは消え、何もメールを打つことができなかった。

携帯電話の画面が滲んで、ぽたぽたと涙が落ちる。

「どうして……？」

絞り出すように声が出た。

やり場のない怒りや悔しさが込み上がり、八つ当たりで携帯電話を部屋の隅に投げ捨てる。

「どうして？　どうしてよォ！」

床を拳で何度も叩きつけ、叫ぶ。

「勝たせてあげてよォ！　工藤君が何をしたっていうの？　あんな……。あんな負け方をさせなくてもいいじゃない！　どうしてよぉ……」

私は大声で喚き散らした。次第に言葉も出なくなり、獣のように泣き叫ぶ。

一階にいた両親が駆けつけてきて、「どうしたの？」とか「近所迷惑だからやめなさい」と呼び掛けて、私を止めようとしたみたいだが、私は構わず大声で泣き続けた。

落ち着くどころか、泣き続けていくうちに、込み上がっていく悔しさ、悲しさ、怒りが感情として溢れてきて、喉から声として出ていくようだった。

もう、自分でも止め方が分からない。止められるものなら、誰か止めて欲しい。

しばらくの間、両親の声も無視して泣き叫んでいると、誰かが優しい手つきで私の背中をさすったり、ポンポンと落ち着かせるように軽く背中を叩いたりしてくれた。

「明日香。これを使って、声が出なくなるまで、気が済むまで泣きな」

横を見ると、姉がクッションを差し出していた。背中に感じる姉の手つきだけじゃなく、声も優しかった。

私は姉からクッションを受け取って、それに顔を埋めて、また泣き叫ぶ。

「一回、離して。ゆっくり息を吸って。大丈夫。ゆっくりゆっくり」

姉に言われた通りに、クッションを顔から離し、ゆっくり息を吸おうとするが、しゃくり上げたり、せきこんだりして、中々上手く呼吸ができない。それでも、姉はとても穏やかで、まるで小さな子をあやすような優しい口調だった。

「大丈夫。ゆっくりゆっくり。焦らなくていいから」

姉の優しい声を聞きながら、ゆっくり深呼吸をする。

ある程度息を吸うと、再びクッションに顔を埋めて泣き叫んだ。ひとしきり泣き叫んだら、またクッションを離して深呼吸をする。そして、また泣き叫ぶ。これを何度も繰り返した。クッションがよだれや鼻水や涙で濡れていったが、構うことなく、気が済むまで続けた。

どれくらい泣き叫んだか分からない。

気がつくと、部屋は西日が差して、オレンジ色に染まりつつあった。

その頃には、私は叫ぶのを止め、スンスンと鼻を鳴らしていた。まだ涙は自然と溢れてくるが、叫びたい衝動はなくなっていた。

「落ち着いた？」

姉が窺うように私の顔を覗く。

私はこくんと頷く。まだしゃくり上げていて、声が上手く出せない。

「お父さんとお母さんには、私の方から言っておくから、お風呂に入ってもう寝な。こんな状態じゃ、ごはん食べられないでしょ？　お風呂沸かしとくから、ちょっと待ってて」

そう言って、姉は私の部屋を出て、しばらくして帰ってきた。

姉はお風呂にも一緒に入ってくれて、私の髪や背中を洗ってくれた。たぶん、私一人だと髪を洗うところまで気が回らないと考えていたからだろう。それくらい、私は泣き疲れていた。ドライヤーで髪を乾かすのも、姉がやってくれた。姉の甲斐甲斐しさがありがたかった。

「工藤君、負けたの？」

ドライヤーで髪を乾かしてくれている最中に、姉が尋ねてきた。

私はまたこくんと頷く。

「そっか」

それ以外、何も言わなかった。

軽々しく「残念だったね」などと言いたくなかったのだろう。

「よし、終わり」

私の肩を軽くポンと叩いて、姉は明るい声で言う。

「ありがとう……。お姉ちゃん……」

私の声はガラガラだった。むやみやたらにずっと泣き叫んでいたからか、変な声の出し方をしてしまったらしい。自分の声を聞いて、初めて喉が痛いことにも気がついた。

ずっと俯いたままの私を、姉は後ろからそっと抱きしめる。

「気にしなくていいの。むしろ、本気で恋をしていた妹をロクに応援できなかった私が悪いんだから。こんなことで清算できるとは思ってないけど、あんたの恋、ずっと応援するからね。何か力になれることがあったら、遠慮なく言って」

優しい口調でそう言ってくれたが、段々、私を抱きしめている姉の手が強くなっていく。振り返ると、姉の目には涙が溜まっていた。そんな姉の姿を見ていると、私もまた涙が溢れてきた。私と姉は、気が済むまで泣き続けた。

ひとしきり二人で泣いた後、姉は「おやすみ」と一言残して、私の部屋を出ていった。

時刻はまだ八時前だったが、私はベッドに潜り込んだ。何もかも忘れて眠りたかった。

でも、寝られなかった。

ずっと、泣き続けていた。

打球がレフトポールに直撃するシーンから、工藤君が私に笑顔で手を挙げてくれたところまで、ずっとフラッシュバックしていた。

どう形容していいか分からない表情。仲間を宥め続ける彼の姿。そして、私に見せた笑顔。

いずれもいじらしくて、悲しかった。

工藤君の顔がずっと浮かんできて、そのたびに涙が出てくる。結局、私はほとんど眠ることができず、一晩中、静かに泣き続けた。

涸れるんじゃないかと頭の片隅で思っていても、涙はとめどなく溢れ、気が晴れることは一切なかった。

まだ家族が誰も起きていない朝早くに、私は鉛のように重い体を起こした。

重い足取りで洗面台まで行き、顔を洗う前に鏡で自分の顔を見る。

ひどい顔……。

目は赤く充血し、瞼は赤く腫れ、目元には黒ずんだ隈があり、顔は土気色。

こんな顔で学校など行けない。

でも、行かないとダメだ。

昨日、メールを返せなかったから。

きっと、彼が学校で待っている。

家族の誰とも顔を合わせず、「行ってきます」も言わないで、私は重い足を引きずるように家を出た。

きっと、通学途中の道すがら、色んな人が私のことを奇異な目で見ていただろう。

泣き腫らした目をして、顔色悪く幽霊のように歩く女子高生。

年頃の女性、というより、誰であろうとも外に出られない。

でも、そんなことは気にならなかった。

自分のことよりも、彼の方が気がかりだった。

いつもより早めに家を出たが、体が怠いせいで、いつもと同じ時間に学校に着いた。教室に入ると、工藤君はまだ来ていなかった。私の姿を見て、色んな友達が「どうしたの？」と聞いてきたが、私は「何でもない」の一辺倒で躱し続けた。

「明日香！　あんた、どうしたの？　その顔」

いつも遅めに登校する理沙も、教室に入ってすぐに私の顔を見て駆け寄ってきた。

「理沙ちゃん……。何でもないよ……」

笑顔を作って応えたつもりだったが、上手く出来たか分からない。

理沙は一瞬、怯むように言葉を詰まらせていた。

「何でもないことないでしょ。ちょっと待ってな」

叱りつけるように私に言うや否や、理沙は慌てて教室を出ていった。

その時、理沙と入れ違いざまに、工藤君が教室に入ってきた。

彼も目元に隈を作っていたが、私の方がよっぽどひどかった。

私の顔を見て、彼は一瞬驚いていたが、何も言わずに自分の席に座った。

予鈴が鳴り、私を取り囲んでいた友達も解散していった。

「杉山、昨日は観に来てくれてありがとう」

私に顔を向けずに、工藤君は静かにそれだけを言った。

私はかぶりを振りながら、「ううん」と弱々しく返事をした。

その後、私と工藤君は何も喋らなかった。


一時間目の授業が終わった頃に、理沙は帰ってきた。

何か色々買いこんだらしく、レジ袋を引っ提げていた。

「ちょっと顔を貸しなさい。女子高生がそんな顔しててていいと思ってんの？」

まくし立てるように言いながら、理沙は半ば強引に私の手を引いて、トイレに駆け込んだ。

私を洗面台の前に立たせると、まずヘアバンドを渡してきたが、持ったままで何もしない私に焦れて、理沙が無理やり私の前髪を上げてヘアバンドを着けた。

「まず、顔を洗って」

「理沙ちゃん……。いいんだよ、別に」

「いいから、早く！　さっさとしないと、授業受けさせないよ」

理沙は蛇口をひねって水を出し、脅すような怒鳴り声を発する。

毎日、真面目に授業を受けているので単位は全く問題ないが、授業を受けられないのは困る。渋々私は顔を洗った。

「顔を洗ったら、タオルあるから拭いて。拭いたら、化粧水塗るから顔出して。肌に優しいヤツだし、あんたにも合うはずだから」

レジ袋を引っ掻き回し、タオルと化粧水を取り出す理沙。タオルで顔を拭いた後、私は理沙にされるがままだった。化粧水、乳液を顔に塗りたくられる。

「ちょっと日焼けしてるから、色が合うかどうか分かんないけど」と自信なさそうに呟きながら、理沙は私の顔にファンデーションを塗る。特に、目元は隈を隠すために念入りに塗っていた。ファンデーションが終わると、色付きのリップクリームを唇に塗り、最後に目元にアイシャドーを入れて、私を鏡の前に立たせる。瞼や目の充血はどうしようもないが、目元の隈は隠すことができ、土気色の顔もマシに見えた。

「ありがとう。理沙ちゃん」

私は弱々しい声で礼を言う。

「何があったか知らないけど、そんな顔で学校にこないでよ。放っとけないでしょ。あと、声もひどいから、のど飴。今日中には治らないと思うけど、何もしないよりマシだと思うから。これとリップはあげる。早速一個食べな」

そう言いながら、理沙がレジ袋からのど飴を一個渡してくる。

私はそれを開けずに手に持ったまま、俯いた。

「理沙ちゃん、ごめんね。昨日、工藤君の試合を観に行ったの」

後片付けをしながら、理沙は「それで？」と聞き返す。

「最後のテニスの試合は、ほとんど泣かなかったのに、何でだろうね……。工藤君が負けたことの方が悔しくて、家に帰ってから、ずっと泣いてたの……。だから、理沙ちゃんに優しくされる資格、私にはないんだよ」

家を出てから一度も出なかった涙がどんどん溢れてくる。私の世話を焼いてくれる理沙に、本当に申し訳ない気持ちだった。

「明日香、あんた……」

後片付けをする手を止めて、理沙は私の顔を見る。

せっかく理沙が化粧をしてくれたのに、私は涙が止まらなかった。

「我儘だよね、私……。工藤君と対等になりたいからって、理沙ちゃんを巻き込んで、テニスを一生懸命していたのに、好きな人が負けて、そっちの方が悔しいんだもん。私、最低だよね。謝って許してもらえるとは思ってないけど、ごめんね……。理沙ちゃん、本当にごめん……」

渡されたタオルで涙を拭きながら、私は理沙と顔を合わせることができず、肩を震わせて「ごめんね……。ごめん……」とずっと繰り返していた。

そんな私を黙らせるように、理沙はいきなり抱きしめてきた。

「謝んなくていい！　あんたは一つも間違ってない！　最低なんかじゃない！」

理沙は声を張り上げ、抱きしめる手を強くしていく。

「恋だもん！　我儘でいいんだよ！　あんたが工藤君に本気なのは知ってたから。他人のことなんか、私のことなんか、気にしなくていいんだよ。それに、あんたが誘ってくれたから、テニスが好きだってことに気づいたのよ？　私はあんたに感謝してるのに……。何で謝るのよ？　お願いだから、謝らないでよ。ごめんなんて言わないでよ、明日香……」

理沙は大声を出して、泣き始めた。

きつく抱きしめてくれることが、理沙との固い絆のように思えてきて、私も涙が止まらなかった。

既に休み時間の終わりを告げるチャイムは鳴っていたが、私たちは構わず、抱き合ったまま、気が済むまで泣き続けた。

結局、二時間目は二人揃ってサボってしまった。お互い、泣きやむのに一時間ほどかかったからだ。

私も理沙もサボった上に、どちらも目を赤くしていたので、クラスメートから色々と心配されたが、「何でもない」と理沙が全てあしらっていた。

その後も理沙は、休憩時間のたびに私の傍に来て、のど飴を食べるよう促したり、背中をさすったりしてくれた。

そんな私たちを、隣にいる工藤君は何か言いたそうな顔をしていたが、邪魔になると思ったのか、結局何も言ってこなかった。

お昼になって、私がお弁当を持ってきていないと言うと、理沙は購買で菓子パンと飲み物を買ってきてくれた。

ちゃんとお金を払わなきゃと思ったが、「気にしなくていいから、食べな」と理沙が急かすので、紅茶のストレートティーを飲みつつ、大人しくクリームパンを頬張った。でも、前の晩から何も食べていないのに、食欲が全く湧かなかった。一個食べるのが精いっぱいで、残りのメロンパンやジャムとマーガリンの入ったコッペパンはカバンにしまい、頭に何も入らないから無駄だと分かっていても、午後の授業を受けた。

帰り道も、理沙は家まで付き添ってくれた。

「化粧、ちゃんと落とすんだよ」

玄関先での別れ際、念押しのために理沙はそう言い残して帰っていった。

まだ誰も帰ってないだろうと思っていたが、玄関の鍵は開いており、リビングの方に行くと、姉がダイニングテーブルにノートパソコンを置いてキーボードを叩いていた。課題のレポートを作成していたらしい。

「おかえり」

私の姿を確認すると、姉は優しく微笑んだ。

「化粧してもらったの？」

私が頷くと、姉はすぐに二階に上がっていった。しばらくして、ヘアバンドとクレンジングのシートが入ったパックを持って、再びリビングに戻ってきた。私を椅子に座らせ、向かい合うように姉も隣の椅子に座った。

「何も言わずに出て行くから心配したんだよ？　メールもしたのに、返事がないし」

「ごめん」

「ま、無事に帰ってきたから、別にいいけどね。今日は友達が化粧をしてくれたんだろうけど、明日からは私が化粧するからね。たぶん、今日よりかはマシになると思うけど、明日はちょっと早めに起きるんだよ」

そう言いながら、姉がいつも使っているヘアバンドを私の頭につけて、クレンジングのシートで私の顔を優しく拭いていく。

「お姉ちゃん」

「何？」

「クッション、汚しちゃってごめんね。あれ、お気に入りだったのに……」

「大丈夫。昨日、お母さんに頼んで、キレイにしてもらったから。多少色落ちしたり、形が崩れるみたいだけど、気にしてないよ」

私を安心させるように、姉は笑顔で言う。

「それより、朝からあんまり食べてないでしょ？　食欲が湧かないと思って、ゼリーのやつ買ってきたから、お風呂入った後、それ飲んで寝なよ。お母さんには今日も言っておくから」

そう言い終わると同時に、私の顔を拭き終えた。

「よし、終わり。すぐにお風呂入りな。もう沸かしてあるから。それと、寝る前に化粧水、塗るんだよ。私の部屋まで返しに来なくていいからさ」

言われた通りに、私はすぐにお風呂に入った。いつもより動作は鈍かったが、自分で髪をちゃんと洗って、自分で乾かした。

まだ六時だったが、昨日はほとんど寝られなかった上に、授業中は居眠りをしなかったので、睡魔がドッと押し寄せてきた。

姉に言われた通り、パウチのゼリー飲料が何個か入ったレジ袋の中から、適当なものを一つ選んで飲んだ。その後、化粧水を肌に塗りたくって、私はベッドに入った。

昨日も今日も、姉に随分助けられてしまった。

そもそも、姉がこんなに早く帰ってくることはない。きっと、私のことが心配になって、予定を切り上げて早く帰ってきたのだ。もしくは、ずっと家にいたのかもしれない。

お姉ちゃんにも理沙ちゃんにも何かお返ししないと……。

まどろんで、ロクに働かない頭でぼんやりとそんなことを考えながら目を瞑った。

まだ日が沈んでなくて、部屋は明るかったが、昨日からの疲れのせいで、私はすぐに眠りに落ちた。


翌日、体を揺り動かされて目が覚めた。

「明日香、起きな」

目を開けると、ぼやけて滲んでいる姉の顔が映った。

どうやら、朝までずっと寝ていたらしい。でも、半日以上寝たはずなのに、まだ寝足りない感覚だった。

「大丈夫？」

心配そうな姉の声を聞いて、何のことだろう？と思いながら目をこすると、いつも以上に目元が濡れていた。どうやら、泣きながら寝ていたらしい。

「平気だから、心配しないで」と姉に笑顔を見せ、私はすぐに洗面台に行って顔を洗った。鏡で自分の顔を見る。昨日よりそこまでひどくない。

ただ、泣きながら寝ていたせいか、瞼は相変わらず赤く腫れぼったかった。

顔を洗った後、リビングに行って、父と母に開口一番謝った。

「色々心配をかけてしまってごめんなさい。もう大丈夫だから」

姉から事情を聞かされ、デリケートな問題だと思ったのか、父は何も言わずに仕事に行ってしまった。一方の母は「お弁当どうするの？」と聞いてきた。

昨日、理沙に買ってもらった菓子パンがあるので、「今日はいい。明日からお願いします」と伝え、朝食をきちんと食べた。

食べ終えると、姉の部屋に入り、化粧をする。その最中、姉が色々尋ねてきた。

「ちゃんと朝ご飯食べた？」

「うん」

「お父さんとお母さんには謝った？」

「うん」

「お父さん、何か言ってた？」

「ううん。何も言わなかった」

「そうだろうね。娘の一大事だもん。グイグイ聞いてくるデリカシーのない父親なんか、嫌だよね」

姉は愉快そうにケラケラ笑う。

「お母さんは？」

「お弁当いる？って聞いてきた」

「そっか。そりゃ聞いてくるよね。てっきり、あんたがまだ寝ていると思って、お母さんがお弁当作っちゃったんだもん。そのお弁当、昨日の晩御飯に出てきたんだから」

「ごめん……」

「気にしなくていいわよ。冷凍食品とか卵焼きとかお皿に盛られて、なんか一風変わってて面白かったから。でも、二度と見たくないかな。最初のうちは、物珍しくて楽しかったけど、明日香の辛さを表したみたいで、私も段々悲しくなってきちゃった」

姉がしんみりした顔で言って、ファンデーションを塗る手を止めた。

「よし、これで終わり。昨日はアイシャドーも入れてたみたいだけど、今日は薄くファンデーションを塗っただけだから。あんまりがっつりメイクすると、生活指導の先生に怒られるかもしれないからね」

「ありがとう。お姉ちゃん」

私は姉に頭を下げる。

すると、姉は私を軽く抱きしめてきた。

「明日香。今は辛いかもしれないけど、頑張るんだよ。急いだり焦ったりしなくていい。きっと、工藤君もあんたの気持ちに気づいてくれるから。明日香が一生懸命、野球のことを知ろうとして、工藤君を応援してきたことは、きっと報われるよ。何があっても、諦めちゃダメだからね」

そっと私の髪を梳きながら、姉は優しくそう言ってくれた。

私は目頭が熱くなる。気がつけば、涙を零していた。

「あ、ちょっと。せっかく化粧したんだから、泣いちゃダメじゃない。帰ってきてから言えば良かったかもしれないけどさ」

姉も涙ぐみながら、私の顔をハンカチでそっと拭く。

「ごめん……」

私は嗚咽をこらえようとする。でも、泣き止むのに時間がかかってしまった。

家族の前でも、泣くのは当分やめよう。

凛々しく、強くなろう。

私は心の中で何度も誓った。


化粧の手直しをしてもらい、制服に着替え、支度をして玄関を出ると、パラパラとまばらに雨が降っていた。

昨日、雨が降らなくて良かったと安心していた。

もし、昨日降っていたら、寝不足と泣き疲れで頭が働いておらず、傘も差さないで、ずぶ濡れのまま登校していたかもしれない。そうなれば、否応なしに早退していただろう。

私はちゃんと傘を差して、登校した。

「明日香、大丈夫？」

理沙はいつもより早めに登校して、私の席に真っ先に来た。

「大丈夫だよ。まだ瞼は腫れぼったいけど、ぐっすり寝たから昨日より調子はいいから」

まだそこまで元気ではないが、笑顔を作って理沙を安心させようとした。

ちゃんと笑顔を作れたようで、理沙は安心したように「そう？　無理しないでよ」と言ってくれた。

工藤君もちゃんと登校してきたが、私も工藤君も話しかけることなく、ＨＲに入った。

お互い話しかける糸口が見つからず、探り合っている感じだ。気持ちのいいものでもないが、あの試合の後、いったい何を話せばいいのか、私には分からなかった。工藤君も同じかもしれない。

雨上がりの昼休み。今日も理沙と一緒に昼食を摂った後、私は牧谷君を探した。

牧谷君は食堂にはおらず、自販機が並ぶ屋根付きのベンチに元気なく座っていた。

「牧谷君」

私が呼びかけると、「ああ、杉山か……」と、牧谷君はいつもの明るさが全くない意気消沈した顔で返事をした。心なしか、やつれているように見える。

「野球部、頑張ったね」

「お前、観てたのか？」

「うん」

「俺、格好悪かったよな」

牧谷君は力なく自嘲気味に笑う。

「そんなことないよ」

「いや、俺が目測を間違えなければ、ポール際だったとしてもギリギリ捕れたかもしれないんだ。工藤のせいじゃねぇ。俺のせいなんだ」

牧谷君は悔しさを噛みしめるように言う。

「誰も牧谷君のせいだなんて思ってないよ」

私は優しく慰めたが、牧谷君はかぶりを振る。

「気休めはやめろよ。同情されると悲しくなってくるから。でもさ、言い訳するわけじゃないいんだけど、あの一瞬だけ強い風が吹いたんだよ。だから、打球が予想以上に伸びてホームランになっちまったんだ」

「そうだったんだ……」

だから、慌てて後ろに下がろうとしていたのか。

とことん、野球の神様に見放されていたんだと思うと、やりきれない気持ちで一杯になる。

「これで、お前と野球部のことを話すのも最後になるな」

牧谷君は寂しそうに呟く。

「そうだね」

　私もつられて、しんみりと相槌を打つ。

「前から気になってたけど、お前、工藤のこと好きなんだろ？」

「え？」

　思いがけない牧谷君の発言に、私はすぐに顔を向ける。

「工藤から聞きにくいことを俺に聞いてきたのは、工藤のことが気になるからだろ？　瞼が赤いのも、工藤がホームランを打たれたから泣きまくったんじゃねぇのか？　ほんと幸せ者だよなぁ、工藤は」

　羨ましそうにため息交じりで話す牧谷君に対し、私は俯く。

「……いつから気づいてた？」

「去年の秋ぐらいってトコだな。何で工藤のことばかり聞きに来るんだろうって不思議に思ってな。ただ、確信したのはついさっきだぜ？　お前の腫れた瞼を見て、工藤のことが好きなんじゃないかってな。ったく、俺も鈍感だよな」

　自分に呆れるように、またため息を漏らす牧谷君。

「そっか。ごめんね、牧谷君。都合よく利用したみたいで……」

「別にいいさ。工藤がお前のことをどう思ってるのかまでは知らねぇけど、こんな俺でも役に立ったなら、それはそれで嬉しいよ」

「ありがとう……」

いつものいじけた顔ではなく、満足したような顔をする牧谷君に、私は心底感謝した。

しばらく無言でいると、牧谷君は伸びをしながら、おもむろに立ち上がった。

「さてと、そろそろ教室に戻るわ。って言っても、就職するつもりだから、授業受けても意味ねぇけどよ」

そのまま、牧谷君は立ち去ろうとするが、思い出したように私の方を振り返る。

「あ、そうだ。お前に一つだけ教えといてあげるよ。工藤の奴、プロも大学も社会人も行かずに、実家の和菓子屋で働くんだとよ」

それを聞いて、私は目を見開いた。気がつくと牧谷君に食って掛かるように迫っていた。

「それ、本当?」

「あ、ああ。色んなスカウトが工藤目当てで見に来てたけどよ、あいつ、全部断って、野球は高校までで辞めるつもりだったみたいだぜ？　俺たちにも試合が終わった後に言ってたな。お前には素質があるのにって、監督も俺たちも言ったんだけど、あいつ、耳を貸さなかったんだよ。ったく、もったいねぇよな。大学ぐらい行きゃあいいのに」

牧谷君は、身を乗り出して聞いてくる私に面食らった後、恨めしそうに言いながら、最後に「じゃあな」と言い残して立ち去った。

牧谷君がいなくなって、私は胸を押さえる。

ということは、私は本当に工藤君の最後の試合を観に行ったんだ。

プロに行って欲しいとは思っていなかった。工藤君が遠くに行ってしまいそうだったから。でも、あんな負け方はして欲しくなかった。

今後、工藤君が草野球か何かで野球を続ける可能性はある。でも、ピンと張りつめたように集中して、真剣に野球で勝負をする彼の姿はもう見られない。

我儘だとは思っている。ただの独りよがりだ。

それでも、あの試合の後、一度だけでいいから、真剣勝負の場で工藤君が勝つ姿を見てみたいと思っていた。プロでなくても、大学や社会人で野球を続けるだろう。そう高を括っていた。

ちょうど予鈴が鳴って、私は我に返り、慌てて教室に戻ろうとする。

五時間目の授業が終わったら、工藤君に直接聞こう。工藤君の口から聞くまでは信じられない。

廊下を歩いている途中、私の手は小刻みに震えていた。

「ねえ、工藤君、野球をやめるって本当?」

五時間目が終わった後、私は彼の方を向かずに、さっき終わった古文の教科書やノートをしまいながら、静かに尋ねた。もし、肯定した時のことを考えると、工藤君の顔を見るのは怖かった。

「……牧谷から聞いたの?」

「やめるの?」

工藤君の問いには答えず、私はもう一度静かに尋ねる。

今まで、私がこんな尋ね方をすることはなかったので、工藤君は言葉に詰まっていた。

少ししてから、工藤君の声が聞こえた。

「うん。実家を継ぐつもり」

工藤君の答えを聞いて、私はガンッと硬いもので頭を殴られた気分だった。次の数学Ⅱの教科書とノートを手から離してしまいそうになる。

やっぱり、そうなのか……。

工藤君の口から直接聞いて、余計に心の整理はつかなかった。

「そう……」

沈んだ声で辛うじて返事をした。

お疲れ様。

頑張ったね。

よくやりきったね。

何か一言を添えたかったが、どれも違う気がした。

工藤君が野球に打ち込んでいた姿を、たった二年ほどしか見ていない私に何が言えるだろう？

労いの言葉をかけても薄っぺらく聞こえる。過去のことよりも、彼が歩むと決めた未来のことを応援してあげるべきだと思った。

「工藤君……。クッキーのお返しで貰ったどら焼きも、ホワイトデーに貰った最中《もなか》も、とても美味しかった。だから、今度は工藤君が作ったお菓子、いつか食べさせてね」

「うん」

心なしか、工藤君の声も沈んでいた。

野球をやめないで。

私にそう言って欲しかったのだろうか？

真意は分からない。でも、私が縛り付けることはできない。

元々、高校で野球を辞めるつもりだったのかもしれない。無理に続けて、遮二無二努力して、苦しんで、野球を嫌いになってやめたくなかった。

その気持ちは汲んであげたい。

他のクラスメートの喋り声で、教室はうるさかったが、私と工藤君の席だけは独特の静寂に包まれていた気がした。


昨日と同じく、理沙は私と一緒に帰ってくれた。

ファーストフード店に寄ろうと、私が提案すると、理沙は快く誘いに乗ってくれた。

「理沙ちゃん、昨日はありがとう。これ、昨日のお金……」

そう言って、白封筒を差し出す。中身は学習机に保管していた一万円札だ。学校で渡すのは気が進まなかったので、別の場所で渡そうと思っていた。

購買のパンや紅茶の金額は大体見当がつくが、化粧品の詳しい値段は分からない。そのため、多めに見積もって一万円にした。もちろん、足りなければその分を出すつもりだった。

しばらくの間、私が差し出した白封筒を、まじまじと理沙は見ていたが、

「千円札ある？」

と聞いてきた。

「え？　あるけど……」

もしかして、足りなかったかなと思って、慌てて財布を取り出す。

「じゃあ、その千円だけ頂戴。これ、奢ってもらったし。リップ以外の化粧品と、タオルとかヘアバンドは私が使うから」

そう言って、バニラシェイクを指さしながら、白封筒を私の元に返す理沙。

色々世話になったので、この場は私が代金を持つべきだと思ったから奢ったのだが、それを差し引いても足りないと思う。私があんな顔で登校しなければ無駄な買い物をしなくて済んだはずだ。

「でも、それじゃあ……」

「私がいいって言ってるんだからいいの」

「でも……」

「くどい」

私を鋭く睨み、理沙は怒気をはらんだ声でぴしゃりと言い放つ。不機嫌な声で言わ

れてしまっては引き下がるしかない。

後ろ髪を引かれる思いがありながらも、私は白封筒をしまい、千円札を理沙に渡した。

私から千円札を受け取ると、一転して理沙は笑みを浮かべて、ホッとした顔を見せる。

「昨日より元気そうで安心したよ」

「うん……。本当にありがとう」

「マジでびっくりしたんだから。二度とやらないでよ」

「うん。あんな顔、作ろうと思ってもそうそうできないから」

私が笑いながらそう言うと、理沙もつられて笑みを浮かべる。

「これから大学受験だけど、工藤君のことはどうするの？」

理沙の何気ない問いだったが、私は言葉に詰まった。

「……分かんない」

「分かんないって、告白しないの？」

「それどころか、何を話したらいいのかも分かんなくなっちゃった……。今まで野球のことを話してたけど、最後の試合のことを思い出させちゃうかもしれないし、工藤君、実家の和菓子屋で働くらしいから、授業のことを言っても仕方ないし……」

俯いて喋る私につられて、理沙も沈んだ顔になっていく。

「ごめん……。聞かなきゃ良かったね」

「ううん。気にしないで」

私は笑顔を無理やり作る。

「気休めだろうけど、こういうのは時間が解決してくれるかもしれないから。明日香の思うタイミングで告白したらいいと思うよ。こんなことしか言えない私が情けないけど……」

暗い表情をする理沙に、「ううん。大丈夫。心配しないで」と私は笑顔で言い切る。

あとは自分の問題だ。これ以上、理沙に心配をかけたくない。

でも、時間が解決すると言ってもどれくらいかかるのか。工藤君は私のことをどう思っているのか。

笑顔とは裏腹に、先の見えない不安で潰れてしまいそうだった。

それからというものの、夏休みに入るまで、私は毎晩寝ている間に泣いていた。起きている時に、あの時の光景をフラッシュバックすることはあっても、夢で見た覚えはない。それなのに泣き続けていた。

姉からはいつも心配されたが、そのたびに笑顔を作った。覚えがない以上、心配させても仕方がない。「大丈夫」と言い続けるしかなかった。

そんな中、夏休みまで一週間というタイミングで席替えが行われ、工藤君と再び離ればなれになった。

寂しいと思う反面、心のどこかでホッとしている自分がいた。話しかけることができずに、工藤君との距離感を掴めないでいる自分がもどかしかった。

やがて、夏休みを迎えると、寝ている間に泣き続ける癖はピタリと止まった。

理由はよく分からないが、学校に行けば否応なしに工藤君の顔を見ることになる。そのことが関係しているのかもしれなかった。

工藤君の顔を見るたびに、負けた時の彼の心情を無意識に考えてしまう。起きている間は泣かないように気を張りつめているが、寝ている時に気が緩んで泣いてしまう。推測でしかないが、そう結論づけることにした。

夏休みの間はとにかく、大学受験に向けて勉強する毎日を送っていた。志望校は姉と同じ隣町の中堅私立大学。私の学力でそこまで行けば御の字だった。予備校に通い、家に帰っても夜遅くまで勉強し続ける。一日の半分は勉強という毎日だった。息抜きをしたいなんて一度も思わなかった。辛いことを忘れて、何かに打ち込みたかった。

高校野球もプロ野球も、あの時のことを思い出してしまいそうで、野球中継どころか、テレビのスポーツニュースや新聞のスポーツ欄も一切見ていない。それまでは、野球のことを覚えようとなるべく見ていたのに、今は見向きもしなかった。

ただ、私たちの県の代表だけは気になっていた。野球中継を見る暇はないが、せめて応援だけでもしたいという思いはあった。

八月の上旬。私は勉強の合間に、インターネットで県大会の結果を検索した。決勝の結果を見てみると、驚くことに、ウチの野球部に逆転勝ちした高校が甲子園進出を決めていた。数十年ぶりの甲子園出場だったらしい。その高校の試合結果を見ていくと、ほとんどの試合で圧勝だった。唯一ロースコアだったのが一回戦だったらしい。

私はすぐにネットを閉じた。やりきれない思いが募っていく。

たられればなんか言いたくない。勝負は時の運だ。それでも、考えずにはいられない。

一回戦で勝っていれば、工藤君は甲子園出場を決めていたかもしれない。彼が真剣勝負の末、勝っていく姿をもっと見られたかもしれない。

結果なんか見なければ良かったと後悔した。

夏休みも終盤に入ったある日のこと。

近所に予備校がないため、私は一時間かけて、隣町まで予備校に通っていた。英語、現代文、古典、日本史のいずれも夏休みの間だけの基礎講座を選択している。学校の試験期間になると、その時だけ集中的に勉強をしていたが、復習などはしていない。そのため、一年生で習っていたところに怪しい部分はあった。今年の志望校の赤本は購入していたが、対策は二学期から行えばいいと思っている。まず、基礎がなっていなければ、合格できるものもできないと思ったからだ。

最寄り駅から五分ほど歩いて、十階ほどある立派なビルに通っている予備校がある。何故かその周辺に予備校が二、三校密集しており、通りやコンビニには十代くらいの若い人たちばかりだった。

まだ講義の時間には余裕があるので、私はコンビニに寄ってお菓子を買うことにした。集中力を保ちたいため、家で勉強するときはグミのような噛み応えのあるものを好んで食べている。ガムでもいいのだが、二個も三個も食べるようなものだと思っていないし、味がなくなった時に惰性で噛んでいるのが何となく嫌いなので、グミの方が好きだった。店に入ると、真っ先にグミのコーナーには行かず、しばらく店内を物色する。新商品や新しいキャンペーンなどを見ていると、それだけでも多少は受験勉強の気晴らしになるからだ。店内を一通り回って、グミのコーナーへと向かう。いつもグレープ味ばかりを買っているので、たまには違う味も買ってみようかと思って悩んでいると、いきなり誰かに肩を掴まれるように触られた。

「よお、杉山」

声もかけられ、驚いて振り返ると、ニヤニヤした顔を向ける同年代の男子がそこにいた。

一条君だった。野球部時代の丸坊主とは打って変わり、髪を長く伸ばして明るい茶髪に染めている。風貌が変わっていたので、一瞬誰だか分からなかった。

「びっくりした……」と竦んで、触られた肩を強張らせながら、私は憂鬱な気分になった。

正直、告白をされたあの日から、できれば一条君とは会いたくないと思っていた。用事がない時はなるべく教室から出ないようにして、彼と遭遇しないように注意していたのに、こんなところで会うとは思っていなかった。

「そこの予備校に通ってんのか？」

相変わらず、嘗め回すように私を見て、近い距離で話してくる。振られた相手だろうが、お構いなしの馴れ馴れしさに、私はえずきそうだった。

「う、うん」と辛うじて、私は返事をする。

「俺もババアに言われて、仕方なく予備校に通ってんだけど、かったるくてサボってんだ。今日はそこのライブハウスに行くんだけど、杉山もどう？」

ヘラヘラした態度で話す一条君から解放されたくて、私はいつも買っているグレープ味のグミをひったくるように取り、「遠慮しとく」と断って、早足でレジに向かった。

「遠慮すんなよ」「勉強なんかつまんねぇだろ？」「楽しいことしようぜ」

それでも、一条君が諦める様子はなく、会計中も私の横で話しかけていた。

毛虫というよりも、大蛇に全身を巻き付かれたかのような、冷ややかでウネウネと動いてくる、そんな嫌悪感で一杯になりながら、私は一条君を無視し続けた。早足でコンビニを出て、すぐに予備校のあるビルに入ろうとする。しかし、なおも一条君はピッタリ私の横にくっついて歩いていた。

「工藤の奴、ツーランホームラン打たれて、一回戦負けしたんだってな」

ビルの入り口まであと少しというところで、一条君は何の脈絡もなくそう言ってきた。

真意は分からないが、バカにしたような言い方だったので、私はキッと睨みつける。

「だから何？」

不機嫌さを隠さずに、私は棘のある口調で尋ねる。

「工藤のこと、まだ好きなのか？」

私の質問には答えず、逆に一条君は質問してきた。

「だったら、何？　はっきり言ってくれない？」

要領を得ない質問の連続に苛立ってきた。蒸し暑い八月の気温のせいで、余計にイライラしてくる。

「ザマァないよな。私学の強豪校にでも行っときゃ、ベンチ入りのおこぼれで甲子園に行けたかもしれないのによ。あいつ、バカすぎるだろ」

ヘラヘラした笑いを浮かべながら、工藤君を嘲る一条君に、私はカッと頭に血が上った。今すぐにでも、横っ面を張り倒したくなるが、私にそんな暇を与えず、彼は続けて口を開く。

「なあ、そんなバカのことは忘れて、俺と付き合わねぇか？」

「お断りします！」

怒声に近い大声を一条君に浴びせ、私はビルに駆け込んだ。

ムシャクシャした気持ちでエレベーターに乗り込み、ボタンを押す。流石に予備校には入りたくないのか、一条君は追いかけてこなかった。

私のことがまだ好きなのであれば、工藤君を貶めるようなことを言うのではなく、私に好かれるように努力をするべきだ。どっちがバカだろうか。振って半年も経つのに、私に固執するのは、いい加減やめて欲しい。

そんな風に、ずっと心の中で悪態をついていたせいか、その日の講義も、家での勉強も、イライラして身に入らなかった。

その翌日は、切り替えて勉強に励んだが、ふとした時にあのヘラヘラした笑みが浮かんで、そのたびに怒りが込み上がってしまった。


夏休みが終わり、二学期が始まって数日後。

その日の授業が全て終わり、受験勉強をするために一刻も早く帰宅しようと、急いで学校を出ようとすると、校門の前で一条君が再び現れた。どうやら待ち伏せされていたらしい。私は蔑む目を送りながら「何か用？」と冷たい声で聞いた。

「お前に話があるんだよ」とヘラヘラした笑いを浮かべて一条君は言った。

「話なんかしたくない」と突っぱねたかったが、この先、しつこくつけ回してくるのは目に見えていた。話をするなら目立たないところでしたいという条件を出して、私は人気のない空き教室が並ぶ廊下を指定した。

「用件を早く言って。私、受験勉強で忙しいの」

腕を組み、わざとイライラした様子で切り出す。

「俺と付き合わねぇか？」

私に顔を近づけながら、舐《ねぶ》るような視線を送る。

吐きそうになるのをこらえて、私は口を開く。

「お断りしますと言ったはずです」

「そんなつれない言い方するなよ。俺、本気でお前のことを可愛いと思ってんだぜ？　彼女になってくれよ」

誰に対しても、こんなしつこくて、見下したアプローチをしているのだろうか？　だとしたら、余計に反吐が出そうになる。

「前にも言った通り、あなたのことが嫌いなのでお断りします」

「つれないことを言うなって。もう工藤と付き合ってんのか？　だったら、あんな奴と別れちまえよ。俺が投げようが、工藤が投げようが、結果は一緒だったろ？　あんな奴より、俺といた方が楽しいぜ？」

前回も前々回もきっぱり切り捨てたのに、一条君は諦める様子がない。そんな彼に、私は心底呆れていた。

　私はため息を一つつき、反撃のために大きく息を吸う。そして、つらつらと罵りの言葉を並べていった。

「一緒？　冗談言わないでよ。最後までやり切った工藤君と、途中で諦めて投げ出したあんたと、どこがどう一緒なの？　腐った性根のあんたが投げてたら、五回コールドで惨敗してたわ。二度と一緒だなんて言わないで」

　それまでヘラヘラと軽薄な笑みを浮かべていた顔はみるみる強張っていく。私はなおも続けた。

「そもそも、いつまで工藤君にこだわっているの？　本当に情けない男ね。さしずめ、工藤君と私が付き合っているから、仲を裂こうと思ったようだけど、お生憎様。まだそんな関係に発展してないの。でも、貴方しか男がいなくなったとしても、私は絶対なびかないわ。私に好かれる努力をしないで、ライバルの評判を落とすようなやり口の貴方を好きになる理由なんてないもの。さあ、この返事で満足した？」

　完全に見下し、挑発するように高飛車な物言いで言葉を選んだ。

　こいつは私のことが好きなんじゃない。前から好きだったという告白も嘘だろう。工藤君がとにかく気に入らなくて、彼を苦しめたいだけなのだ。この男から告白された時、少しでも罪悪感を抱いてしまった私がバカだった。

私の罵詈雑言を聞いて、顔を真っ赤にした一条が私の頬を平手で殴った。

「ちょっとおだててやったら、いい気になりやがって！」

吐き捨てるように一条は叫ぶ。

キーンと耳鳴りがし、頬は熱かった。私は一条に冷たい視線を送る。

「あいつがいなけりゃ、俺がエースだったんだ！　いつも、いつも、あいつと比べられて惨めになる俺の気持ちがお前に分かるかよ？」

「分かりたくもないわ」

即答する私に、今度は反対側の頬を打ってきた。それでも私は軽蔑するように一条の目をまっすぐ見据える。

「満足した？　まだ足りないんだったら、いくらでもどうぞ」

平手打ちを二発も食らいながら、泣き出しもせず、まだ小馬鹿にしたような言い方をする私に、一条は右手、左手と、交互に使って平手打ちを連続で食らわしてくる。

一条が肩で息をするようになって、ようやく止まった。

ずっと抵抗も反撃もせず、やり返さないで殴られっぱなしの私を気味悪く、怯えたように見つめていた。

鼻からツーと何かが流れ出てきたので、ぬぐってみると鼻血だった。当たり所が悪くて、どこか切れてしまったらしい。

「気は済んだ？　返事を聞くつもりはないけどね。でも、殴られてばっかりなのも癪だから、もう二度と私の前からあんたが現れないように、おまじないをしてもいい？」

返答は聞かず、笑顔を貼り付けながら、私はふらつく足取りでゆっくりと一条の方に近づく。

恐怖で引きつっている一条の頬を鼻血がついた手でそっと撫でる。掠れながらも、きちんと血がついたことを確認すると、今度は一条の胸に顔をうずめた。

どうせやるなら、好きな人の胸に顔をうずめたかったが、仕方がない。

鼻血をつけられて喜ぶ人間などまずいない。顔を左右に振り、しっかりカッターシャツに血を擦りつけた。一条の地肌にまで、べっとりと血がついている。

「はい、お終い」

そう言って笑顔のまま私が離れると、一条は情けない悲鳴を上げて私を突き飛ばして逃げていった。

突き飛ばされたはずみで、私は力なくその場に倒れ込む。殴られ続けて頭がボーっとしていたので、私は時間をかけて起き上がった。

スカートのポケットに入れていたティッシュを取り出し、半分にちぎって鼻に詰め、残りのティッシュで顔をできる限り拭った。拭った後、壁に背中をもたれさせ、両足を伸ばして座る。ゆっくり休もうと考えていた。

一つ大きく息を吐く。少し落ち着いてきたので、視線を落として自分の服を見ると、カッターシャツに血がついていた。

お母さんにどう言い訳しようかなぁと少し困った。

しかし、二度と一条の顔を見たくないためにやったことだ。これで、私に近づこうと思わないだろうし、あんなことをされてはトラウマものだ。フラッシュバックして他の女の子にも恐怖を覚えるだろう。殴られた仕返しとしては十分だ。可哀想だという同情心も起こらない。

当分の間、顔は腫れるだろうし、口内炎で痛いだろうが、それくらい我慢は出来る。体を触られるようなセクハラ紛いなことをされなくて良かった。もっとも、そうなったらそうなったで、大声を出すか、股間を蹴り上げようと思っていたけど。

私は、一条の情けない悲鳴と腰を抜かして逃げた滑稽な姿を思い出し笑いしながら、ゆっくり休憩した。

歩けるくらいまで回復すると、私は近くの女子トイレに入り、鼻に詰めたティッシュを捨て、顔を洗った。頬は腫れており、なるべく水で冷やすが、まだ暑さの残る九月だからか、水道の水が温くてもどかしかった。

氷でも貰おうかと思って保健室に向かい、部屋に入ると白衣を着た中年の女性が出迎えてくれた。保健の先生に会うのは身体測定の時くらいで、怪我や体調不良でお世話になったことなどない。卒業まで半年という、この時期になって初めて保健室を利用する。

先生も私の姿を見て驚き、すぐに透明なポリ袋に氷と水を入れたものを渡し、顔を冷やすように言ってくれた。

見たところ鼻は骨折していないが、鼻血の原因としてどこかを顔面骨折している可能性も考えられるから、念のため整形外科に診察してもらった方がいいと言われた。そこまで考えが及ばなかったので、私は素直に感心しながら、早速、今日にも整形外科に行ってみようと思った。

誰にやられたの?と保健の先生は尋ねてきた。一条を庇うつもりはさらさらなかったが、受験前に両親も巻き込むような大ごとになりそうなので、「言えません」と答えておいた。

保健の先生は怪訝そうな顔をしていたが、ややこしい事情がありそうに見えたのか、それっきり何も聞こうとしなかった。深く立ち入ろうとしない先生だったのはラッキーだった。

血がついたままでは帰りにくいだろうと配慮されて、保健の先生から学校に置いてある予備のカッターシャツを借りて着替え、学校を出た。そのまま家に帰ると誰もいなかった。元は専業主婦だった母も、私たち姉妹に手がかからなくなると、パートで働くようになったからだ。まだ夕方の五時を少し回った時刻だったので、誰も帰ってきていないのは当たり前だった。すぐに近所の整形外科を何件か調べ、保険証がどこにあるか探した。身分証明書でもあるため、保険証は母が家族全員の分を保管している。確か、タンスではなく、母の洋服クローゼットの中に入れているはずだ。五分ほど探すと出てきた。いくらかかるか知らないので、タンスの中から適当に二万円を抜き取り、再び制服のまま家を出た。家出をする不良少女のような気分だった。

診断結果は異状なし。診察代は一万円もかからなかった。鎮痛剤を処方するかと聞かれたが、数日経てばどうせ腫れは引くので断った。

帰宅すると、母が夕食の準備をしていた。予想はしていたが、私の顔を見るなり、母は顔を青くし始めた。どうしたの？と聞かれたので、私は「ちょっと喧嘩しただけ。大したことじゃないから心配しないで」と答えた。

無断で保険証と二万円を抜き取り、整形外科に行って診察してもらった。勝手に持ち出して、ごめんなさい。診察代はお小遣いから引いてもらって構わないから。あと、鼻血が出て、カッターシャツを汚してしまった。ごめんなさい。

頭を下げながら、私は保険証と残金を母に渡した。

本当に心配しなくてもいいのね？と赤く腫れた私の頬を見ながら、母は不安そうに尋ねてきたが、「うん」と、私は首を縦に振った。

父も姉も、帰ってきて私の顔を見るなり、驚いていた。二人にも母と同じ言い訳をした。

これで誤魔化せたとは思えないし、余計に心配させただけかもしれないが、学校からは何も言ってこないだろうから、すぐに忘れるだろうと思っていた。

しかし、寝ようかと思ったタイミングで姉が私の部屋に入ってきて、

「私には本当のことを話しなさいよ」

と凄んできた。

お姉ちゃんには敵わないなと、心の中で白旗を上げながら私は全てを話した。一条

との出会いから今日に至るまで全て。

「もっとやり方があったかもしれないのに……。何でそんな自分も傷つく方法を選んだの？」

ベッドに二人並んで座り、私の頭を撫でながら、姉は悲しそうな顔で尋ねてきた。視線はガーゼで覆われた私の頬だった。

「逃げるようで嫌だったの。力では敵わないし、その場で立ち向かいたかったから」

ムキになっていたし、自己満足だというのも分かっていた。家族にも心配をかけて浅薄だったとも反省している。

でも、普通じゃない方法で懲らしめたかった。私も工藤君も苦しめた、あの男だけは許せなかった。

「明日香。あんたがその一条っていう男子にムカついた気持ちは分かる。私も何か仕返しすると思う。でも、もっと自分を大切にしなさいよ。お願いだから。あんたのその姿を見たら、工藤君も悲しむよ？」

姉にそう言われて、初めて気がついた。

一条を屈服させた達成感に酔いしれて、工藤君のことはすっかり抜け落ちていた。

心優しい工藤君のことだ。全部が全部ではないが、自分のせいで傷ついたと知れば、私を異性として意識していなくても、彼はきっと悲しむ。

なんてバカだったんだろうと私は後悔した。

「そうだね……。ごめんなさい。もうこんなことはしないから……」

私は目を閉じて、誓うように呟いた。


次の週の月曜日まで私は学校を休んだ。泣き腫らした時と事情が違うので、工藤君にこの顔は見せられない。それが最大の理由だった。もちろん、学校を休んでいる間も、自宅や図書館や予備校で勉強漬けの毎日なのは変わらない。

四日続けて休んだせいか、金曜日に理沙がお見舞いに来てくれた。一応、休んでいる理由は熱を出して寝込んでいるということにして、心配ないとメールしておいたのだが、健康優良児である私が学校を休むことは中々ないことなので、流石に心配したらしい。

「何かあったの？」

カモフラージュのためのマスク姿で出迎えると、開口一番、理沙が怪訝そうな顔と声で尋ねてきた。

「ちょっと受験勉強を頑張りすぎちゃっただけだよ。心配しないで」

そう答えたが、理沙は眉をつり上げ、仏頂面で睨んでくる。隠し立てなんかするなという意思表示だろう。

私自身が、そもそも嘘をついてもすぐにバレるようなタイプであるのに、聡明な理沙に嘘をついても隠し通せるわけがない。早々に観念した私は、ため息をつきながらマスクをはずした。

「立ち話もなんだから、上がって。紅茶でも淹れるね」

「すぐ済む話なら、ここでしてよ。他人の家に上がりこむのは苦手なの」

まだ不機嫌さの残る声で断る理沙だったが、「まあ、いいから、いいから」と、私は強引に手を引いて、リビングまで連行し、椅子に無理やり座らせた。

理沙は、特に抵抗する様子もなく、文句も言わなかったが、椅子に座った途端、不機嫌そうに頬杖をついていた。

紅茶を淹れるとは言ったものの、母に甘えっきりだった私は、茶葉や食器を探すのに四苦八苦してしまい、時間はかかったが、どうにか見つけた来客用の二つのティーカップに紅茶を淹れ、ミルクピッチャーとスティックシュガー、そして、市販のクッキーを盛りつけた皿をお盆に全て載せて、テーブルに運んだ。

「で？　何があったの？」

お互い一口飲んだところで、理沙がそう切り出してきたので、私は夏休みに一条と偶然再会した時のことから殴られたことまで全て理沙に話した。

「あいつ、本当にクズね！　しつこいアプローチをするだけならまだしも、痛いところをつかれたからって、女を殴るなんて最低よ！　あんたも、何でやり返さなかったのよ？」

私の話を聞き終わった後、理沙は声を荒げて憤慨していた。

ここまで怒り狂う理沙を見たことがなかった私は、目を白黒させながら慌てて弁解する。

「あ、でも、私もただ殴られ続けたわけじゃないよ？　今までの分も含めた仕返しをしてやったから」

「どんな仕返しよ？」

理沙は、まだ剣幕の残る顔で尋ねてきた。

「ほっぺたに鼻血をつけて、胸にも顔を押し付けて、ぐりぐり擦りつけてやったの」

私は屈託のない笑顔で「仕返し」の内容を語る。

その場面を想像したのか、一瞬血の気が引いたような顔をして、怯む理沙だったが、

「だからって、自分が傷つく方法をとらなくてもいいじゃない」

と、叱りつけるように言ってきた。

「今は反省してる。お姉ちゃんにも同じこと言われちゃったし」

苦笑いをしながら言う私を見て力が抜けたのか、理沙の顔から怒りの色が消え、代わりに呆れ顔になっていた。

「とにかく、もう心配かけさせないでよ」

ティーカップを口に運ぶ前に、再び眉をつり上げて、不機嫌そうに言う理沙。

「うん。ごめんね……」

私は笑顔から一転して、しょげた顔と声で謝る。

夏休みの間に、理沙は就職から受験に心変わりしたらしく、二学期になってから、長かった髪をショートカットにし、髪色も茶から黒に戻して、化粧もやめていた。理沙の志望校は、私が志望している中堅私立大学よりもはるかに難関な国立大学であり、無用な心配をさせて、理沙を煩わせてしまったのは不覚としか言いようがない。

流石に、私が反省していることが伝わったのか、理沙は一つため息をついた後、普段の声色で口を開く。

「あんたが長いこと休むから、工藤君も心配してたんだよ？」

「そうなの？」

「あまり話したことのない私に、あんたが休んでいる理由を聞いてきたんだから。一応、熱を出したみたいって言っておいたけど」

「そっか」と私がまんざらでもない顔で相槌を打つのを見て、理沙はいたずらっぽい笑みを向ける。

「心配してくれるっていうことは、工藤君も明日香に気があるんじゃないの？」

からかうような口ぶりで窺ってくる理沙に、私は顔を赤くして口を尖らせる。

「理沙ちゃんのいじわる……」

「思ったことを言っただけよ」

悪びれる様子もなく、理沙は笑みを浮かべている。

一方の私は、紅茶を飲み終えるまで、小さくなるばかりだった。


紅茶を飲み終えた後、休んでいる間のプリントを理沙から受け取り、ついでに家に置いてあるプリンターでノートをコピーさせてもらった。

「来週からは学校に行くから」と別れ際に、お見舞いに来てくれたお礼のついでに、理沙に言っておいた。

理沙が帰っていった後、お茶会の後片付けを済ませ、夕食の時間まで勉強しようと自室の机に向かった。

でも、ペンを持ちながらも、参考書の問題に取り掛かれなかった。

ずっと頭の中で、工藤君が私のことを心配してくれた嬉しさと、それを嬉しく思う自分に対する怒りが、交互に頭の中を駆け巡って集中できなかった。姉の言った通りの事態になって、なおのこと、自分の浅薄さに苛立っていた。

私は勉強を諦め、枕を抱えてうつ伏せでベッドに寝転ぶ。

「バカだなぁ、私……」

そう呟いた後、ぶるっと身震いをした。

まだ暑さの残る九月なので、受験勉強という大義のために、遠慮なく冷房を使わせてもらっている。そこまで設定温度を低くしていないはずだが、ほとんど袖のないキャップスリーブのTシャツを着ているせいで、体が冷えたらしい。

どうせ勉強に集中できていないわけだし、夜は窓を開けて扇風機を回せば、暑さをしのげる。私は冷房を切り、薄い長袖のパーカーを羽織った。

それでも、寒さは残った。

きっと、冷房のせいじゃない。くだらないことで浮かれている虚しさのせいなのではないかと思えてきた。

その後の学校生活は平穏なものだった。

私の「仕返し」が余程効いたのか、一条は不登校となり、顔を合わすことはなく、入試が始まる一月の下旬まで、一生懸命勉強するだけの毎日だった。

その間、工藤君とは雑談すら出来なかった。いかに野球と部活が、私と工藤君を繋ぐ重要な橋だったかを思い知らされた。その橋がなくなった以上、私も工藤君もかける言葉を失くし、そのまま二学期は過ぎていった。

その次の年は、年賀状のやり取りを誰ともしなかった。私は、受験勉強の追い込みの時期に入ってそんな暇もなく、貰ったとしても返事をしなかった。工藤君も気を遣ったのか、年賀状を出してこなかった。

一月の下旬。三十五万円という莫大な受験料を親に払ってもらって、私は大学受験に挑んだ。センター試験は受けず、全て一般入試。受験料は高いが、その方が傾向を掴みやすく、合格しやすいと思ったからだ。滑り止めの大学は受けていない。これで落ちたら浪人せずに働きに出ようと考えていた。親からは反対されるかもしれないが、浪人してでも大学に行こうという気持ちはなかった。

トラブルもなく、無事に全ての日程を消化した。元々、模試の結果も合格が狙える判定を貰っていたし、ばらつきはあるものの、手ごたえのある日もあった。後は結果を待つだけだ。

三月のはじめ。春の陽気はほど遠く、まだ冬の寒さが残る曇りの日。ついに私たちは卒業式を迎えた。小学校、中学校に比べると、色々と濃密な高校生活だったと思うが、不思議と式の最中に涙は出なかった。

式が午前中に終わり、それぞれ思い思いの記念撮影に勤しんでいた。私と理沙は教室を出ると、ソフトテニス部の後輩に呼ばれ、寄せ書きが埋まった色紙を渡された。笑顔で受け取り、後輩たちと少しだけ談笑して別れた。

後輩たちの姿が見えなくなると、理沙は肘で小突いてきた。

「工藤君とこのまま別れてもいいの?」

私は「うん」と返事をした。

寂しそうな声色だったかもしれない。告白をするには、最初に自己紹介をした時以上の勇気が必要だった。まだ時間も必要だし、彼の顔を見ないよう、距離も置きたかった。

そんな私の心中を察したのか、理沙は何も言わずに私の顔をずっと見ていた。

しばらくして、「あ、そうだ」と、私はわざとらしく言って、卒業アルバムの白紙のページを開き、理沙の目の前に差し出す。自由に書けるそのページは、既に何人かの友達に一言を書いてもらっているし、私もお返しで書いていた。

「理沙ちゃん。何かメッセージちょうだい」

理沙は顔をしかめる。

中学の時も書いてくれと頼んだが、「そういう湿っぽいことしたくないの」と袖にされていた。好きじゃないことは知っていたが、当たり前のように顔を合わせていた毎日が終わってしまう。お互い、最高の友人だと思っている間柄なのだから、これくらいは許してほしい。

「こういうの好きじゃないんだけど?」

眉をひそめている理沙に、「知ってるよ。でも、何でもいいから書いて」と私は笑顔で催促する。

理沙は諦めたようにため息をつく。ついでに、理沙のアルバムも出してもらい、私たちはお互いに一言を書いた。

『三年間、一緒にいてくれてありがとう。理沙ちゃんは私にとって最高のパートナーだよ。いつまでも仲良くしようね。杉山明日香』

理沙が見た瞬間に鳥肌を立てそうな一言だったろうし、自分でもこっぱずかしいとは思う。でも、理沙が相手だから、こういう一言が自然と出てきた。

お互い書き終わって卒業アルバムを返すと、理沙は私の一言を見ずに閉じた。一方の私は、理沙の一言をすぐに見る。


『Girls just want to have a fun 女に生まれたからには女を楽しみなさい』


理沙らしい一言だと思った。私はクスっと笑う。

「工藤君からも貰ってきたら?」

理沙は私の顔を直視せずに、頬に薄っすらと赤みが差した顔でそう言うと、「じゃ、私、帰るから。またメールするね」と素っ気なく言い残し、そそくさと帰っていった。高校に入ってから、理沙の新しい一面ばかりを見たような気がする。最後までクールを装って、照れ隠しに帰ってしまう彼女が、可愛くて仕方なかった。

姿が見えなくなるまで、理沙を見送った後、私はグラウンドに出た。

話しかけるきっかけを失くしたせいで、私は工藤君から一言を書いてもらってないし、私も工藤君のアルバムに何も書いていない。話しかけにくかったとしても、これくらいは頼むことができるし、彼も快く引き受けてくれるはずだ。

野球部の部室の前に着くと、工藤君は野球部の同級生や後輩たちと談笑していた。

私がその姿をしばらく見ていると、工藤君の方から気づいて歩み寄ってきた。

「工藤君、一言を書いてくれる？」

私の方から卒業アルバムを差し出した。

「うん。俺の方も書いてくれるかな？」

工藤君も卒業アルバムを出してきた。お互いに何かを書きたかった気持ちはあったらしい。


『工藤君が野球を頑張る姿を見て、私も努力する大切さを学べました。本当に三年間ありがとう。和菓子屋さんの仕事頑張ってね。杉山明日香』

私が書き終えると、工藤君も同時に書き終わった。卒業アルバムを返す。

「工藤君、またメールするからね」

「うん」

「それじゃあね」と、私がその場を立ち去ろうとすると、工藤君は「杉山」と呼び止める。

私は何かを期待するように振り向くが、「ごめん。何でもない」と、工藤君は少し迷ってから、口をつぐんだ。

私はできる限りの笑顔を工藤君に見せた。工藤君もつられて微笑む。

それからは、何も言わずに踵を返して、私は学校を出た。

家に帰ってから、私は制服を脱いで、部屋着に着替えた。

着る機会など二度とないだろうが、クリーニングに出してもらって、中学の時の制服と同じく、思い出の品としてクローゼットに保管してもらうことにしていた。

母に制服を渡した後、自室の学習机の椅子に座って卒業アルバムを開く。工藤君のメッセージが気になっていた。

『杉山がテニスを頑張っている姿は励みになったし、杉山が励ましてくれたから、俺は野球を続けられた。三年間、本当にありがとう。また会いましょう。工藤和幸』

そのメッセージを見て、今まで工藤君の字で書かれたものを、全て見てみたくなった。

最初はパンフレットの付箋紙。メールアドレスを書いてもらったノート。それとは別の右手と左手で同時に試し書きをしてもらったノート。去年と一昨年の年賀状。そして、卒業アルバム。順々に読んでいくと、初めて出会った時からの、彼と交わした会話や彼の表情がハイライトで頭の中に流れていった。

涙が溢れた。

本当は、ソフトテニスを続けず、野球部のマネージャーにでもなれば良かったと、ずっと後悔していた。そうすれば、工藤君が野球をする姿をいつも見ることができたのに。あの試合の後、それが心にしこりとして、ずっと残り続けていた。

でも、違った。

私がソフトテニスを努力したことは間違っていなかった。工藤君のメッセージがそれを証明してくれた。

彼との思い出に浸りながら、私は静かに泣き続けた。

高校を卒業して数日後に、大学合格の通知が届いた。

「大学まで一緒のところなんて、気色悪いわねぇ」

文字だけを書き起こせば陰湿な嫌味に聞こえそうだが、姉は明るく笑い飛ばしていた。

「そうだね」と私も苦笑いして応える。姉のたどってきた道を、そっくりそのまま通る自分が面白可笑しかった。

私の友人たちも、それぞれ志望する大学に合格していた。受験勉強に取り組むのが比較的遅かった理沙も、地元の国立大学に合格したらしい。

ただ、卒業旅行に行くなどといった浮ついた話は全く出てこない。みんな入学準備に忙しいというのが理由だった。特に、理沙とは会う約束だけでも取り付けたかったが、実家を出て一人暮らしをする準備に忙しいらしい。慣れない新生活で、ゴールデンウイークも忙しいだろう。夏休みの時にまたメールしようと思った。

母から伯母経由で聞いたのか、良美からも電話があった。

「文化祭で告白したけど、先輩に振られちゃった」

合格を祝うのはそこそこに、色恋沙汰の近況報告がメインになった。良美の思いは実らなかったらしい。

「頑張ったね、ヨシちゃん」と、労いの言葉をかけてあげた。

「あーちゃんはどうなったの？　工藤君とは付き合ったの？」

沈んだ空気を振り払うように、弾むような声で尋ねる良美だったが、私が「ううん。色々あって、まだ友達のまま」と答えたら、良美は驚いていた。「何で？」「どうして？」と追及してくる良美に、「夏に帰省する時にまた詳しいことを言うから」と強引に納得させて話を打ち切った。考えてみれば、夏の大会から時間は経っていて、あの時のことをフラッシュバックすることもなくなったのに、工藤君に思いを伝えない理由が自分でも分からなくなってきた。告白する勇気がないことは、ただの言い訳だったのではないかと、数日間、意味もなく自分を責め続けてしまった。


合格通知が届いて数日後。母のパートが休みの日に合わせて、私は母と姉を引き連れて百貨店に赴いていた。入学式や就職活動で入用になるリクルートスーツだけでなく、大学で普段着ていく服や持っていくカバン、そして、化粧品を買うためだった。

スーツに関しては母に見繕ってもらいたいが、普段着ていく服や化粧品は姉の意見を聞いておきたい。そう思って、事前に頼み込んでおいたのだが、姉は懇願する私に湿った視線を送りながら、

「いいけどさ。妹は楽よねぇ。姉という手本がいるんだから」

と、嫌味を吐いていた。特に化粧についてらしい。年齢によって、化粧品も化粧のメソッドも変わってくるので、姉は母そっくりに真似ることはできなかった。女性誌などを読み漁ったり、デパートや百貨店で流行を掴んだり、長子である姉は、大学入学前から今に至るまで、あれこれ研究したらしい。

私はその苦労をしないで、姉に助けを請えばいいのだから、愚痴を漏らす姉の気持ちが分からないでもない。いくらかパターンを試してみて、自分の好みに合ったメイクをすれば事足りる。レールを作ってくれた姉には感謝してもしきれない。

結局、姉と同じ化粧品を百貨店で買い揃え、大学入学前に化粧の練習をした。姉や理沙に化粧をしてもらったことも含めて、化粧の経験はあるが、自分の手でやるのは初めてだ。いよいよ、自分が化粧をする年齢になったことに、言い知れぬ高揚感で満ち満ちていた。女ならば、誰でも化粧に憧れた時があったはずだ。幼稚園や小学生の時からずっと。その憧れが現実になるのだ。手が震えるほど嬉しかった。

一度始めてしまうと、すっかり化粧の虜になってしまった。自分の手で思うように化けて、粧《めか》し込む。なんて楽しいんだろうと浮かれていた。それと同時に、綺麗に化粧をした自分の姿を彼にも見てもらいたいと、高揚感や興奮に隠れるように、心の隅で寂しく思ってもいた。

大学入学してすぐに、私は人生初のアルバイトを始めた。入学前からアルバイト情報誌を読み漁り、県内随一の繁華街にあるカフェで働くことにした。一方でサークルには入らなかった。理由は特になく、何故かある程度自由にできる時間が欲しかった。

そこまで慌ただしくもなく、そつなく大学生活を送りながら、そろそろ人生初のレポートの提出に取り組まなければいけないなと漠然と思い始めた六月の下旬。

大学の講義を受けている最中に、そういえば去年の今頃は、高校総体の県予選に出場して、帰る途中で理沙がボロ泣きしていたなぁと、ぼんやりと思い出していた。

そして、ふと、

『相川さん、どうしたの？　席についてないけど……』

から始まる工藤君との一連のやり取りも記憶から甦った。

夏の甲子園の県予選もこの時期だったと思い返し、大きめの教室であることをいいことに、大学生になって新調した携帯電話で県予選の組み合わせを調べた。とあるスポーツ紙のサイトによると、私の母校は去年と同じ球場で七月の第一日曜日に一回戦が始まるとのこと。

工藤君も観に行くんだろうか？

この試合をきっかけに告白できないだろうか？

これを逃したら、きっと後悔する。

工藤君に携帯電話を拾ってもらった時と同じような思いに突き動かされ、講義中であることも構わず、私は工藤君にメールを送った。

『お久しぶりです。元気にしていますか？　お仕事の方はどうですか？　私は大学生活やアルバイトで日々を過ごしています。良かったら、今度、トーカロ球場で行われる県予選を一緒に観に行きませんか？　もちろん、私たちの母校の試合です』

何度か、ああでもない、こうでもないと添削しながら、無難な内容にまとめて、私はメールを送信した。

いつ返事が来るのか分からなかったので、その日はドキドキしながら工藤君の返信を待ち侘びたが、返信は来なかった。次の日も、事あるごとに携帯電話を気にしていたが、メールが来ない。私のことを忘れたのかな？　どうしたのかな？と半分諦めながら気を揉んでいると、夜になって工藤君から返事が来た。メールの返事が遅い彼のルーズさは、高校を卒業してから一層ひどくなっていた。私が思っている以上に仕事が忙しいのかもしれない。

自室のベッドに腰掛け、私はドキドキしながら、メールを開く。

『返事が遅くなってごめん。俺も観に行こうと思っていました。ぜひ一緒に観に行きましょう』

その文面を読み終えると、私は一目散に姉の部屋に飛び込んだ。

「何？　どうしたの？」

エントリーシートの欄を埋めるのに悪戦苦闘している最中に、私が勢いよく部屋に入ってきたので、姉はひどく驚いていた。

「工藤君と野球観戦する約束しちゃった」

私は嬉しさと戸惑いが混じった顔で姉に呟いた。

「やったじゃん！　明日香」

姉は呆けたような顔をみるみるうちに輝かせ、自分のことのように喜んでいた。

「よっしゃ！　そうと決まれば、当日着ていく服とか靴とか選ぶぞ。戦いはもう始まってるんだからね！」

姉は鼻息荒く、興奮した面持ちで私の肩を叩く。

呼応するように私も力強く頷く。

工藤君と会話もままならくなったきっかけが高校野球なら、工藤君と再会する決心を固めさせたのも高校野球だった。

そして、その高校野球で、母校が勝ったら工藤君に告白するという賭けを、私は心の中で決めていた。

翌日の朝。工藤君に待ち合わせの時間と場所をメールした後、私は大学には行かず、街に繰り出していた。

野球観戦まで一週間ほどに迫っていたので、私は必修科目以外の講義は全部サボり、当日に着ていく服や持っていく小物、履物に至るまで、場の雰囲気に馴染むものを買い揃えようとしていた。姉も就活そっちのけで、時間の許す限り、私に付き合ってくれた。

すぐそこにあるショッピングモールから格式高い百貨店まで、カジュアルなチェーン店から姉の行きつけであるセレクトショップまで、ありとあらゆる店を回って、当日のコーディネートを姉と相談しながら吟味した。

結局、鮮やかな水色のノースリーブのブラウスに、ベージュのクロップドパンツ。履物はTストラップのサンダルという、シンプルなものを選んだ。これだけでも三万円は持っていかれたので、アルバイトをしていて良かったと本気で思った。そして、サークルに入らなかったのも正解だった。こういう、いざという時のために時間を作れなかったかもしれないからだ。

髪も切りに行くことにした。暑さ対策や話題作りも兼ねているが、願掛けの意味を込めて、行きつけの美容院でショートカットにしてもらった。今まで思い切って短くすることはなかったので、頭が軽くなったことも髪の短い自分を鏡で見るのもどこか新鮮だった。

そして最後に、近場のショッピングモールで野球帽を買った。紺色の適当なものを選び、どこのチームのものかは当日に工藤君に聞いて、話題作りの一環にしようと心に決めていた。

「うん。いいわね。シンプルな中にボーイッシュさがアクセントになって、いいかもしれない」

約束の日の前々日。買い揃えた服を着て、野球帽を被り、白のトートバッグを肩にかけた私を見て、姉が真剣な表情で頷き、お墨付きをくれた。

「どこも変じゃない？」

まだ自信のない私は、自分の服装を見回しながら、そわそわと落ち着かない気分で尋ねた。

「大丈夫よ。どこも変じゃないから、安心しなさい」

私を安心させるように微笑みながら、姉は優しく言ってくれた。

「お姉ちゃん、ありがとう。相談に乗ってくれて」

就活で忙しい大事な時期に、私に付きっ切りでコーディネートの相談に乗ってくれた姉には頭が上がらない。今更だが、この機を逃せばいつまでも言えなくなるので、私は礼を言った。

だが、姉は私のおでこを拳骨で軽くコツンと叩く。

「こら。感謝するのは工藤君にOK貰った時にしなさい。コーデはいくらでも力になれるけど、当日はあんた次第なんだからね。」

険しい顔で忠告する姉に、私は額を押さえながら「うん」と頷く。はっきり言わなかったが、私が工藤君に告白しようと思っているのを、姉は何となく感じ取っているようだった。

正直、思いが届くかは分からない。

母校が勝ったら、という条件付きにしたのも、去年の夏を引きずっているのは明らかだし、断られるかもしれないという不安の方が大きいからだ。賭けでもしないと勇気が湧かなかった。

でも、できることはやった。

あとは、賭けに勝って、自分を奮い立たせるだけだ。

こうして、私は今、工藤君と二人で野球観戦をしている。

7

試合は九回裏。最後の攻撃。

スコアは0対1でリードされ、二死一塁と同点のランナーを出したものの、追い込まれていた。

打席には今年から四番を任された野口君。去年は工藤君の後の五番を打っていた。今日はここまで三打数一安打一四球。四回の第二打席で大きな当たりのツーベースを放っている。工藤君曰く、今年は持ち味の長打力を磨いて、去年よりも当たりが大きくなったらしい。凡退した二打席も、大きな当たりや鋭い当たりを出していた。同点、あわよくば逆転のホームランも十分に狙える打者だ。私は大いに期待していた。

エースの平井君は、先制されてからは再三ランナーを出しながらも、粘りのピッチングで追加点を許さなかった。しかし、それは相手のピッチャーも同じで、何度もウチの母校が同点や逆転のランナーを出して攻め立てながらも、得点を与えず、去年とほとんど同じ投手戦で、九回の裏まで試合が進んだ。唯一違うのは、置かれた立場が逆だということだけだった。

私の横に座る工藤君は、回が進むごとに応援する声に力がこもっていた。試合が始まってから、一球ごとに声援を送っていたが、リードされているからか、九回の裏になると身を乗り出して、声を張り上げている。

一方の私は、七回の裏の攻撃が終わってからは声を出すことを忘れて、息を呑みながら試合の行方を見守っていた。先制された時はまさかとは思っていたが、そっくりそのまま逆の立場で試合が進むとは本気で思っていなかった。私の個人的な賭けのためにも勝ってもらわなくては困る。いつの間にか、私は両手を握りしめて祈るように試合を見守っていた。

野口君が右打席に立ち、一度声を張り上げて気合いを入れ、バットを構えた。相手ピッチャーが一塁ランナーを目で牽制しつつ、振りかぶらずセットポジションで第一球を投げ込む。野口君はフルスイングするが、空振り。続く第二球は見送ってボール。第三球もバットを振るが、空振り。これでワンボールツーストライクとなり、追いこまれてしまった。

頑張れ！　お願いだから、打って！

私は心の中で祈り続けた。すぐそばにいながら、大声で応援する工藤君の声も聞こえなくなるくらい、野口君と相手ピッチャーの一挙手一投足に集中していた。

そして、相手ピッチャーがセットポジションから第四球を投げ込み、野口君は、力いっぱいフルスイングする。甲高い金属音を残して、打球は高く上がって去年と同じレフトに行った。

私も工藤君も、レフトの方に視線を送る。

入って！　ホームランになって！

去年と同じシチュエーションで逆の立場。ホームランだと期待せざるをえなかった。

レフトの選手は打球を追いかけ、捕球態勢に入り、
そのまま静かにウイニングボールをグローブに収めた。


試合終了。

私たちが座る一塁側の客席から、「あぁ～」と落胆する声が聞こえた。

私も工藤君も、お互い黙り込んだまま、茫然とグラウンドを見つめていた。

さっきまで暑さで汗をかいていたのに、ピタッと止まったようだった。暑いはずな

のに、うすら寒ささえ感じるのは、去年と全く同じだった。

唯一違うのは、去年と同じ風が吹かなかったことだけだ。野球の神様は、今年も私たちに微笑んではくれなかった。

8

瞼を閉じると、オレンジ色の景色が広がっていた。

容赦なく照り続ける太陽を仰いでいるのだから当たり前だが、真っ暗な方が気持ちを落ち着かせることができたかもしれない。もどかしい気分だった。

試合が終わった後、私たちはしばらくの間、座席に座ったまま言葉を失くしていたが、工藤君の方から出ようかと、声をかけてきた。球場を出て、後輩たちを労いたいであろう工藤君に配慮して、近くのベンチで待っていると言付けして、工藤君と一旦別れた。私はすぐそこにある自販機でミネラルウォーターを買い、近くのベンチに腰掛けていた。日影がなく、ずっと日が降り注いだせいか、火傷するのではと思うくらいベンチは熱かったが、それでも気にせず座った。

帽子を取り、買ったばかりのミネラルウォーターを額に当てながら、背もたれに体重を預けて天を仰ぐ。水筒は持ってきていたが、どうしても頭を冷やしたい気分だった。

あんな賭けをしていた自分が、急に恥ずかしくなってきたからだ。母校の野球部も相手の高校も関係ない。球児たちは、今までの努力の成果を出そうと懸命にプレーをしていた。そんな中、工藤君に告白をする勇気を貰うためという不純な理由で観戦をしていたことに、負けた後になって罪悪感が湧き起こった。去年まで自分もソフトテニスをプレーしていたから余計に。

私、最低だ……。

しばらくの間、心の中で自分を責め続けていると、「大丈夫か?」と聞き慣れた声がした。

目を開くと、工藤君が心配そうに私の顔を見つめていた。

私は額からミネラルウォーターを離し、起き上がる。

「うん。ちょっとのぼせただけ」

工藤君を安心させたくて、はにかむような笑顔を見せたつもりだった。

工藤君はホッとした表情に変わった。工藤君も私の横に座る。

「もういいの?」

時間にすれば五分かそれくらいだったので、もう少し話し込むと思っていた。

「うん。実を言うと、先週の日曜日に差し入れを持って行ったんだ。その時に色々話したから、かける言葉はないよ」

「そうなんだ」と相槌を打ち、私は視線を落とす。

「負けちゃったね……」

私が残念そうに呟くと、工藤君は静かに頷いた。

「ああ。でも、頑張ったよ、あいつら。一回も勝てずに夏が終わるのは悔しいだろうけど」

同じ一回戦負けだったからか、どこか無念さを感じている言い方だった。去年の自分と重ね合わせているのかもしれない。

「俺、バカだよな」

何を話したらいいのだろうと考えあぐねていると、工藤君がいきなりそう呟いた。

「自分のことで精一杯だった。杉山は、俺の最後の試合を観に来てくれたのに、俺は杉山の試合を観に行こうって考えもなかった。最後の試合の結果だけでも聞けたはずなのに」

「気にしなくていいよ。工藤君の試合を観に行ったのは、私の勝手なんだから。それに、野球の方が日程は後だったんだもん。仕方ないよ」

自嘲気味に話す工藤君に、私は出来る限り優しく慰めるように言った。

それでも、工藤君はかぶりを振る。

「仕方なくない。杉山が普段から俺のことを気にかけて、いつも応援してくれていたのに、そのことにずっと気づかなかったし、杉山のことを気にしようともしなかった。だから、最後の試合、罰が当たって、あんな負け方をしたんだ」

「そんなこと言わないで、工藤君」

私は泣きそうな顔で言った。

そんな言葉は聞きたくなかった。

私をぞんざいにしたから、罰が当たって負けてしまったなどと言って欲しくなかった。

工藤君はなおも続ける。

「試合の次の日、学校に行って初めて気がついたよ。俺よりも悔しがってくれた人がいたんだって。あの時の杉山の顔を見たら、何も言えなくなって、話しかけることもできなくなった。期待を裏切ってしまったから。もっと悔しく思わなかった自分が恥ずかしくなったから。本当は卒業式の時も何か言いたかった。でも、何も言えなかった。何を言えばいいのか分からなくなった。野球を続けないって決めた俺に何も言えない気がしたんだ。どこまでも臆病な自分が嫌になったよ。杉山がこうして誘ってくれなかったら、今年は会おうともしなかったかもしれない」

ずっと俯いたまま、自分を卑下するように独白する工藤君に、私はより一層悲しくなってきた。思わず、彼の腕を掴むように触れてしまう。

「工藤君、本当に気にしないで。全部私が勝手に応援していただけなんだから。そんな風に自分を責めないで」

懇願するように私が言うと、俯いていた工藤君は顔を上げ、私に向き直った。

「でも、あの試合があったから、俺も本当の気持ちに気づくことができた。大切にしたい人がいるって。卒業式の時に告白しても良かったけど、自分の中で何か自信を持ちたかったんだ。働いて金を稼ぐことが正解なのか分からなくなる時もあったけど、早く大人になりたかった。今はその時じゃないかもしれないし、堂々とできるものなんて、まだ何もない。だけど、時間だけ経って愛想を尽かされたくないから……。だから、今、言おうと思う」

どこか恥ずかしさをこらえるように、言葉を紡いでいく工藤君を見て、私は大きく目を見開いて固唾をのむ。掴むように触れていた彼の腕も、思わず放してしまった。

工藤君は一つ息を吐いて、意を決したかのように姿勢を正して、私の顔をじっと見つめる。彼が何を言おうとしていたのかは、既に予想が出来ていた。

「杉山。俺、杉山のことが――」

そこまで彼が言った瞬間、私は工藤君の目の前に手をかざした。勇気を振り絞って、思いを伝えようとする彼を拒むように、その先を言わせなかった。

思いがけない私の行動に、工藤君は言葉を飲み込み、固まってしまう。

「工藤君。お願いだから、その先は言わないで……」

私は俯きながら、呟くように静かに言った。

「きっと、私も工藤君と同じ気持ちだと思う。もし、ウチの高校が勝ったら、私も工藤君に気持ちを伝えようと思ってた」

不純な理由だったことを恥じるように、私は自嘲気味に笑いながら呟く。そして、顔を上げて、工藤君の目を真っすぐ見つめた。

「でも、今言って欲しくない。私に対する負い目や後悔みたいなものに背中を押されて思いを伝えられても、私は一生後悔すると思う。たとえ、工藤君と付き合うことができなくても、上手くいかなくて別れたとしても、それに縛られ続ける工藤君を見たくないし、私も縛りたくない。工藤君を、あなたを苦しめたくないから……。だから、今は言わないで」

最後は声が上ずっていた。

本当は、今にでも言って欲しい。自分から言おうと思っていた言葉。それを彼の方から言ってくれるのだ。これほど嬉しいことはない。なのに、それを自分から拒絶している。我ながら支離滅裂だと思う。

でも、今、告白されても心の底から喜べないし、お互いに苦い思いを持ち続けることになることも危惧していた。私の姿を見たり、私のことを思い出したりするたびに、心を痛める彼の姿は見たくない。そして、そのことで自然と束縛してしまうことも嫌だった。

勇気を貫いたいという理由だけじゃない。母校が勝てば、全て清算できると、心のどこかで思っていた。だから、不純な賭けをしたのだ。見られなかった自分たちの未来を見て、辛い過去を捨てて、笑みを絶やすことのない未来を、これから彼と歩みたかった。

しかし、結果は清算どころか、かえって傷を抉るようなものだった。

だからこそ、彼は私に対する負い目や後悔に駆られて、思いを伝えたかったのだろう。その気持ちは分かるし、その負い目や後悔を完全に消すことはできない。でも、忘れることはできなくても、負の感情に背中を押されない告白はできるはずだ。答えは一つだった。

「工藤君。もし、私に友達以上の感情を持っているのなら、また野球を観に行こう？その時にまた気持ちを聞かせて……。そうしたら、私も工藤君に対する気持ちを聞かせてあげるから」

賭けとか清算とか、そんなものは一切なしで、純粋に野球観戦を二人で楽しむ。そして、その後に改めて、お互いの思いを確かめる。それが一番だと思った。たとえ、無駄かもしれなくても……。もう答えは分かっていたとしても……。

私は涙を溜めていた。工藤君が私に好意を持ってくれていたことの嬉しさだったのか、それを一時的に拒絶した辛さなのか、工藤君に過剰な期待をかけてしまったがために、負い目や後悔を彼に持たせてしまった自責なのか、どれが原因か選べなかった。

その涙が零れて、汗と一緒に頬を伝った。未だに滲んではいるが、工藤君が口を結んで、黙っているのが分かる。

彼を困らせてしまったかもしれない。そう思うと、また涙が溢れてきそうだった。

「分かった」

どこか重々しい声で、工藤君は返事をした。

私は彼の顔をちゃんと見るために、涙を拭う。

「少し先だけど、花火ナイターがあるんだ。何も予定が入らなかったら、その試合を一緒に観に行こうよ。そしてその時に、俺の気持ちを今度こそ伝える」

さっきまでの沈痛な面持ちの工藤君はもういなかった。代わりに、いつもの優しい笑顔を向ける工藤君に対して、私は泣き笑いの表情で「うん！」と大きく頷いた。

涙がどんどん溢れてきたが、去年とは違う。今の涙は、心から滲み出てきた嬉しさや喜びも一緒に溢れてくるような涙だった。

真昼の蒸し暑い炎天下の中、私たちは、仕切り直しのための野球観戦をする約束をした。

お互いの思いを伝えるということ以外は掛け値なしで。純粋に野球を楽しむために。

私と工藤君の暑い夏は、まだ始まったばかりだった。

著者プロフィール

天神 梅（てんじん うめ）

兵庫県神戸市出身。

高校野球の古豪、育英高校に進学するも、野球部とは何の接点も持たずに卒業。

その後、大学野球の伝統校でもある龍谷大学に進学するが、野球とは何の関係もない社会学を学んで無事卒業。

3年前に本作を書き上げ、ようやく出版に至る。作家としてのモットーは「少し愛して。長く愛して」。

20年来のヤクルトスワローズファン。今がいちばん充実している。

Play Ball Play Game

2023年５月15日　初版第１刷発行

著　者　天神 梅
発行者　瓜谷 綱延
発行所　株式会社文芸社
〒160-0022　東京都新宿区新宿1－10－1
電話　03-5369-3060（代表）
03-5369-2299（販売）

印　刷　株式会社文芸社
製本所　株式会社MOTOMURA

ISBN978-4-286-28058-5